주짓수로 떠난
중남미 여행

주짓수로 떠난 중남미 여행

나 홀로 1년, 도복만 들고 떠나다

초 판 1쇄 2024년 08월 19일

지은이 페티(지창훈)
펴낸이 류종렬

펴낸곳 미다스북스
본부장 임종익
편집장 이다경, 김가영
디자인 임인영, 윤가희
책임진행 안채원, 이예나, 김요섭

등록 2001년 3월 21일 제2001-000040호
주소 서울시 마포구 양화로 133 서교타워 711호
전화 02) 322-7802~3
팩스 02) 6007-1845
블로그 http://blog.naver.com/midasbooks
전자주소 midasbooks@hanmail.net
페이스북 https://www.facebook.com/midasbooks425
인스타그램 https://www.instagram.com/midasbooks

ISBN 979-11-6910-752-5 03810

값 **18,000원**

🐜 **미다스북스**는 다음세대에게 필요한 지혜와 교양을 생각합니다.

주짓수로 떠난 중남미 여행

페티 지음

미다스북스

겁도 없이 홀로 뛰어들다

멕시코, 과테말라, 코스타리카, 파나마

PART 2

나만 조급한 거 아니지?

볼리비아, 아르헨티나

PART
3

낭만을 찾으러 가다
브라질, 페루

PART 4

우리 모두 이상 하나씩은 갖고 있잖아?

콜롬비아

중남미 주짓수 여행이라고?

처음 들은 부모님의 반응

여행을 떠나기 전에 나라마다 체육관을 찾아다니며 운동하겠다는 걸 미리 이야기는 하는 편이 좋겠다고 생각했다. 그래서 부모님과 저녁을 먹는 자리에서 "한 1년 정도 여행할 예정이고 주짓수 도복을 챙겨 가서 운동한다."라고 얘길 하니, 아버지는 걱정을 하셨다. 중남미에 주짓수를 하러 가는 것은 나쁜 사람들과 엮이거나 안 좋은 일을 당할 수도 있으니 그냥 여행만 하다 오라고 하셨다. 아무래도 남미 하면 처음 떠오르는 이미지가 불안한 치안과 전반적으로 낙후된 인프라 등이니 이해가 안 되는 것은 아니었다.

하지만 그 걱정은 투기 종목을 배우는 사람은 그저 험하고 무서운 싸움꾼일 거라는 편견과 오해에서 비롯되었던 것 같다. 그래서 조금 더 대화를 나눈 후 도복 한 벌을 캐리어에 챙겼다. 어쩌면 이런 마니악한 운동을 좋아하는 사람이라면, 인종 불문하고 관심사와 코드가 잘 맞을 것이라고 생각했다. 모르는 사람이 보면 매트 위에서 지루하게 싸운다고 볼 수도 있지만 그런 스파링을 통해 땀 흘리고 더 가까워진다. 감사하게도 그렇게 친해진 친구들이 많았다.

여행하며 체육관에서 만났던 많은 사람들

세상은 정~말 넓고, 개개인의 다양한 삶이 있다. 그 수많은 인생을 수박 겉핥기식으로 보고 왔지만, 그렇게 멀리서 바라보아도 느끼는 것이 참 많았다. 가끔은 그저 해외에 있는 것만으로도 생각이 좋은 방향으로 달라진다고 느껴질 때가 있었다. 만약 운동하지 않고 여행만 하고 왔다면, 현지인 친구들과 친해질 기회가 거의 없었을 것이다. 특히 나처럼 내향적이라면 말이다. 그래서 이번 여행에서 그 나라 사람들과 친구가 되고 싶다는 생각을 했고 친해지는 하나의 수단으로써 주짓수를 이용한 셈이다.

어렴풋이 알게 된 행복

운동이 가기 싫은 날에 체육관을 더 가야 하는 이유 중 하나는 막상 하고 나면 개운하고, 기분이 더 나아진다는 사실이다. 그래서 '오늘 조금 피곤한데 쉴까?'라는 생각이 들어도 어느샌가 주섬주섬 도복을 챙기고 있는 나를 발견한다. 이렇게 여행하며 처음 보는 친구들과 매트 위에서 뒹굴고 있을 때쯤 어느 순간 내 마음에 한 가지 생각이 들기 시작했다.

"

어떻게 살아야 할지는 모르겠지만,

어떻게 하면 행복한지는

이제 조금 알 것 같다.

"

그리고는 그 행복이 별거 없다는 생각도 들었다. 가진 것이라곤 28인치 캐리어와 가방 하나가 전부였다. 물건이 많이 필요하지 않고 좋아하는 것들을 하며 지내다 보니 자연스레 행복한 기분이 들었다. 여행하며 어느 순간 숙소를 구해도 매번 체육관 근처로 잡는 것이 가장 우선순위가 되었으며, 도복을 매일 세탁해야 했기 때문에 세탁기를 매일 사용할 수 있는지도 중요했다. 점점 모든 것이 주짓수가 중심이 됐다. 여행도 체육관에서 만난 친구들과 놀러 다니는 것이 더 행복했고 항상 그들을 진심으로 대했다.

안정적인 울타리 벗어나기

책을 쓰고 싶다는 생각이 든 건 여행 중간쯤이었다. 블로그를 통해 여행기를 꾸준히 작성하고 있었지만 2% 부족한 느낌이었다. 내 이야기를 조금 더 솔직하게 담아보고 싶다는 생각에 그때부터 조금씩 준비해 오게 되었다. 그러던 중 문득 여행을 시작하게 된 계기, 왜 중남미였을까? 남들은 위험하다고 가고 싶어 하지 않는 곳인데, 나는 왜 그렇게 가고 싶어 했을까. 그 계기는 정말 사소했다.

한 유튜버 덕분인데 스페인어와 스탠드업 관련된 이야기를 주로 다루었다. 그 유튜버를 구독한 지는 4년 정도 되었다. 그때 당시 정확한 구독자 수가 얼마인지는 잘 모르겠으나 영상을 몇 개 보고 난 후, 이 사람은 무조건 뜰 것이라고 생각이 들었다. 왜 그랬는지 모르겠지만 확신했다. 코미꼬 (Comicoreano)라는 채널인데, 현재는 100만 구독자가 넘어 대성한 스탠드업 코미디언이다. 그 덕분에 스페인어에 관심을 가지게 되었고, 틈틈이 직장을 다니면서 인강을 결제해 스페인어를 공부하며 중남미 여행을 준비했다. 언제 여행을 떠날 수 있을까 싶었지만, 그때는 그저 멋있어 보였다. 그리고 그처럼 살고 싶다는 생각을 조금씩 하게 되었다. 그렇다고 직장 생활이 불만족스러웠던 것은 아니었다.

회사가 좋아서 주말에도 나가서 헬스장에서 운동하고, 일도 하면서 시간을 보내기도 했다. 종종 마주치는 대표님이나 이사님, 부장님은 늘 나를 편하게 대해주셔서 참 감사한 분들이었다. 하지만 중남미는 여름휴가를 내서 다녀올 수 있는 곳이 아닌 최소 몇 달의 기간이 필요했다. 안정적인 직장과 여행, 그 두 가지 선택지를 놓고 고민했다. 팀장님은 직장 내나의 롤 모델이었고, 만족스러운 팀원들과 적당한 월급 그리고 퇴근 후 나만의 저녁 시간이 마음에 들었다.

하지만 이 안정적인 울타리 안에서도 언제부터인가 벗어나고 싶어졌다. 현재 있는 이 울타리를 뛰쳐나갈 만큼 새로운 도전을 해보고 싶었다. 여행에 관심이 생기면서 점점 확신에 찼다. "나는 떠나야겠다"고. 지금 여행을 포기하면, 계획적인 생활을 유지하며 적당히 저금도 하고 미래를 꿈꿀 수 있겠지만, 안정적인 삶보다 모험적으로 살고 싶었다. 그리고 결국 퇴사를 결심했다.

어떠한 선택을 하기 전, 이후 벌어질 최악의 상황을 먼저 고려하는 습관이 있다. 처음 남미에 가기 전 최악의 시나리오는 여행하다가 불의의 사고로 죽고, 시체도 못 찾아오는 것이었다. 그런 상황에 대비해 사망보험금이 최대한 높은 여행자 보험에 가입했다. 가족들에게 보험금이라도 전달되도록 말이다. 지금에서야 농담처럼 얘기하지만 가기 전엔 정말 무서웠고, 인천공항으로 가는 그 순간까지 여행을 취소할까 고민했다.

왜냐하면 남미의 사건 · 사고들을 보면 상상 그 이상이 많았기 때문이다. 버스에 무장 강도가 침입하여 돈과 휴대폰, 배낭을 가져가 버린다던가. 권총 강도, 납치, 마약 문제 등등 중범죄 비율이 높아서 걱정되었다. 그만큼 나는 비장한 마음으로 캐리어에 도복을 챙기며, 어쩌면 여행하다가 객사할 수도 있다는 생각으로 '1년짜리 나 홀로 중남미 주짓수 여행'을 출발했다.

PART 1

겁도 없이
홀로 뛰어들다

멕시코, 과테말라, 코스타리카, 파나마

무계획, 뒤죽박죽 남미 여행 루트

이끌리는 대로 가보는 게, 나쁘지 않을지도

처음 남미 여행을 계획했을 때 혼자는 절대 못 간다고 생각했고, 당연히 누군가와 같이 갈 심산이었다. 그래서 동행을 구했다. 하지만 같이 항공권을 구매하고 떠나기 2주 전, 갑자기 연락이 닿지 않았다. 어렵게 연락이 닿은 동행은 출발 일주일 전에 못 간다고 했다. 연락을 받지 않았을 때부터 짐작은 했지만 혼자 가기는 두려웠기에 며칠을 고민했다. 퇴사는 이미 해 버렸고 시간은 별로 남지 않았다. '갈까, 말까.' 수도 없이 고민하다가 출국 당일, 혼자 인천공항을 향했다. 계획은 시작하기도 전에 틀어졌고, 그동안 같이 세웠던 대략적인 일정표와 가고 싶은 곳을 표시해 두었던 자료를 보며 한숨이 나왔다. 늘 여행하기 전 계획을 세우는 것을 좋아했다. 어디를 갈지 상상만 해도 즐거웠기 때문이다. 하지만 이

번 나 홀로 중남미 여행은 다시 계획하는 것부터 즐겁지 않
았다. 그래서 최대한 대략적인 계획만 세운 채 그 이후로는
흘러가는 대로 떠났다.

볼리비아 비자를 한국에서 미리 발급받은 터라 받은 날짜
로부터 90일 이내 입국해야 했다. 그 기간에 맞추어 멕시코
부터 내려오다가 파나마에서 볼리비아로 입국했더니 루트
가 아예 꼬여 버렸다. 볼리비아 산타크루즈 비루비루 공항에
도착한 나는 우유니 사막을 한 번 다녀오고 이후엔 수크레에
약 한 달간 머물 생각을 했다. 하지만 도착한 지 얼마 되지
않아 기대와는 너무도 달라 곧장 다음 여행지를 찾기 시작했
다. 그리고 라파즈행 버스에 몸을 실었다.

라파즈로 이동한 이유는 우연히 보게 된 사진 한 장이 너
무 멋있었기 때문이었다. 알아보니 라파즈에서 약 4시간 떨
어져 있는 코파카바나 호수였다. 다음 나라는 아르헨티나였
기 때문에 밑으로 내려가야 했지만, 그 사진 한 장에 매료되
어 다시 위로, 라파즈로 향했다. 코파카바나 호수 1박 2일,
라파즈 데스 로드 투어, 마녀 시장 등 많은 볼거리를 구경하
고, 다음 목적지인 코차밤바로 이동했다. 코차밤바로 이동한

이유도 단순했다.

파나마 주짓수 체육관에서 관장님과 대화를 할 때였다. 다음 여행지로 볼리비아에 간다고 하니, 반가워하시며 본인의 제자가 코차밤바에서 체육관을 운영하고 있다고 했다. 그러면서 주소와 인스타그램 프로필을 알려 주셨다. 당시에 들었을 때만 해도 갈 마음이 전혀 없었다. 처음 들어보는 동네여서 그저 흘려들었지만 어느샌가 나는 코차밤바에 와 있었다.

또한 라파즈에서 데스 로드 투어를 동행했던 한국인 형이 있었다. 그 형과 라파즈에서 서로 각자 계획하던 곳으로 이동했다가 일정이 비슷하여 아르헨티나 살타에서 다시 만나게 되었다. 살타, 부에노스아이레스, 이구아수 폭포 그리고 전혀 계획에 없던 브라질 리우까지 어쩌다 보니 동행하게 되었다. 이렇듯 나의 여행은 무계획에 흘러가는 대로 이루어졌지만, 때론 누군가와 함께 혹은 혼자서 많은 곳을 보고 느낄 수 있는 기회였다.

멕시코에서 마치 연예인이라도 된 날

BTS, 봉춘호, 손흥민 등, 감사하는 마음이 절로 드는 하루

멕시코 몬테레이에서 무료하게 지내고 있던 어느 날이었다. 갈 곳은 딱히 없었기에 센트로 몬테레이, 시내를 나가보기로 했다. 한창 크리스마스를 준비하고 있던 시즌이라 다양한 이벤트가 있었고 늦은 시간까지 가족, 커플들 그리고 수많은 조명으로 환했다. 사람들이 많은 한 거리를 걷던 중 현지인이 다가와서는 사진을 같이 찍자고 말을 걸었다.

사실 알아들은 단어는 "포토(foto, 사진)" 하나밖에 없었지만 눈치껏 알아들은 척을 했다. 그래서 왜 찍는지도 모르고 일단 같이 사진을 찍었다. 얼마쯤 걸었을까, 이번엔 한 중년의 남성이 와서 말을 걸었다. 이번에도 "포토"는 들었는데 그 뒤에 말이 길어졌고, 해석이 어려워 잠깐 고민했다. 아이들이

나 이성이 사진 찍자고 하는 경우는 있어도 아저씨(?)는 일반
적이지 않았다. 이해를 못 해서 스페인어를 잘하는 친구가
대신 대답해 주기를 기다리며 멀뚱멀뚱 쳐다보고 있으니, 친
구는 "네(Si~)"라고 대답했다.

그래서 무슨 말을 했는지 물어보니 아저씨의 딸이 우리
와 사진을 찍고 싶어 하는데 쑥스러워서 말은 못 하고, 아버
지가 대신 와서 물어본 것이었다. 사진을 다 찍고 나서 친구
가 장난스럽게 손을 내밀며 "씽코 페소, 씽코 페소(Cinco pesos,
Cinco pesos)."를 (멕시코 5페소, 한화 약 350원) 연발했다. 보통 관광지
에 가면 사진 찍어주는 대가로 동전 몇 개를 쥐여 주는데 그
걸 따라 한 것이었다. 서로 기분 좋게 웃으며 헤어졌다. 평소
에도 동양인이라 시선이 느껴지는 편인데 이렇게 사진을 찍
고 나면, 주변에 있는 사람들의 시선이 집중된다. 그럴 때면
마치 '혹시 쟤… 뭐 돼?'라고 하듯 웅성거리는 것 같다. 이후
에도 몇 번 사진 요청이 더 있었다. 중남미 여행의 첫 국가인
멕시코에서 이런 날도 생겨서 생각보다 다들 호의적이고, 꼭
그렇게 무섭게만 생각하지 않게 되었다.

과테말라에서 한인 카페라니

　멕시코에 있을 때 주변에 다녀온 사람들이 해주는 말이 있었다. 이를 종합해 보면 과테말라의 치안은 나 같은 일반 여행객이 갈 수 없는 동네처럼 느껴질 정도로 무시무시했다. 하지만 항상 그런 생각을 하고 산다. '내가 직접 경험해 보지 않고서, 다른 사람 말을 100% 다 믿을 필요는 없다.' 물론 치안이 안 좋은 것은 사실이고, 실제로 그런 안 좋은 일들이 여행객 대상으로 종종 일어나기도 한다.

　그렇지만 직접 느껴 보고 싶었다. 가보지 않고서 남들 말만 듣고 포기할 순 없으니까. 처음 가보는 곳에 대한 불안함은 당연히 있을 수밖에 없지만, 그 동네도 결국 사람 사는 곳이 아닐까 생각했다. 다만 항상 주의했던 것은 위험 지역이

주짓수로 떠난 중남미 여행

라고 하는 곳이나, 밤에는 절대 돌아다니지 않겠다는 원칙을 세웠기 때문에 나름대로 안전하게 여행을 할 수 있었다고 생각한다.

카페가 있는 파나하첼(Panajachel)에 도착했다. 산 뻬드로(San Pedro) 마을에 들어가기 전에 들렀는데 아뿔싸! 일주일에 하루 쉬는 월요일, 마침 또 그날 찾아왔다. 그 덕분에 한 번 더 들릴 수 있게 되었다. 불이 꺼진 대문 앞에서 사진 한 장을 찍고, '호수 마을 구경을 다 하고, 돌아오는 날 다시 오겠노라.' 생각하고 보트를 타러 갔다. 호수가 바다와 같이 커서 보트는 중요한 이동 수단이었다. 아띠뜰란 호수(Lago de Atitlán) 주변 마을들이 옹기종기 모여 있어 천천히 구경하며 시간을 보냈다.

다시 돌아온 카페 로꼬, 이번엔 다행히도 문이 활짝 열려 있다. 카페에서 추천해 주시는 드립 커피를 마셨다. 중남미 여행을 처음 한다고 했을 때, 주변에서 커피를 좋아하는 친구들의 반응이 열정적이었다. '과테말라의 어떤 원두가 유명하고, 커피에서 과일 향이 난다.' 나 뭐라나… 등등 사실 커피에 대해 하나도 모르지만 여행하면서 꽤 유명한 카페들을 찾아다녔다. 언젠가 저 까만 물에서 다른 점이 느껴질지도 모른다는 생각에 늘 신중하게 마시고 또 마셨다. 하지만 내겐 그저 뜨거운 까만 물이었다.

과테말라 카페 로꼬 카페 내부

사진 속 태극기의 태극 문양이 커피잔인 것이 마치 직접 그린 것 같아 재밌었다. 커피를 주문하고 마시는 짧은 시간 동안 과테말라가 아닌 한국에 있는 듯한 기분이었다. 바리스타분들에게 커피에 관해 물어보기도 하며, 커피 한 잔에 기분까지 좋아지는 곳이었다.

과테말라 카페 로꼬 기념품

'지구 반 바퀴를 돌아서 이 먼 곳까지 와 주신 당신께 감사합니다.'

그리고 나오면서 이런 기념품을 주셨는데 감동 그 자체였다. 한국에 있을 땐 잘 못 느끼지만, 해외에 오래 나와 있으면 해외에서 활동하는 운동선수, 배우, 가수들이 그렇게 자랑스러울 수 없다. 지구 반대편에 있는 카페에 와서 한국어로 소소한 이야기도 하고, 이런 작은 선물 하나에 코끝이 살짝 찡해지는 느낌이었다. '과테말라의 자랑스러운 대한민국 카페', 늘 번창하시길!

공항에서 모르는 사람 짐을 맡아 줘도 될까?

과테말라 공항에서 짐을 맡아 달라는 독일인

과테말라 안티구아에서 여행을 마치고 코스타리카로 떠나기 위해 공항으로 이동했다. 여행 초기에는 체력이 넘쳐서 공항에서 10시간 넘게 대기하는 것은 아무것도 아니라고 생각했다. 그래서 다음 날 새벽 출발인 비행기라 전날 밤에 미리 가서 기다렸다. 공항에 들어오니 늦은 시간이라 모든 상점이 닫았고 내부를 훑어보는데 대부분 불을 꺼두고 있어서 분위기가 으스스했다. 그래서 일단 의자에 앉아서 시간을 보내고 있었다.

그러던 중 한 외국인이 옆자리에 앉았는데 잠시 뒤 아는 척을 했다. 아티틀란 호수 마을 중 하나인 산마르코스(San Marcos)에서 나를 보았다고 한다. 그 말을 들으니 나도 모르게

주짓수로 떠난 중남미 여행

내 기억 속에서도 뭔가 저런 사람을 잠시 지나친 것 같기도 하고 여러 생각이 들었다. 약 40대 초반으로 보이는 서양인이 갑자기 친한 척하는 게 굉장히 의아했다. 하지만 친한 척 웃으며 이야기하길래 멋쩍게 따라 웃으며 듣고 있었다.

본인은 독일에서 왔고 중국에서 무역 관련 사업을 하고 있다는 등의 이야기를 늘어놓았고, 내일 새벽 파나마로 향한다고 했다. 그때 당시 파나마와 코스타리카행 비행기가 약 1시간 간격으로 있다는 것을 알고 있어서 그저 '나처럼 공항이 일찍 왔구나.' 생각했다. 그러다가 그분이 잠시 흡연하러 밖에 다녀온다며, 의자에 있던 캐리어와 배낭을 맡아 달라고 했다. 어려운 일도 아니고 부탁을 거절하기에도 너무 매몰찬 것 같아서 알겠다고 했다. 그리고 한국에 있는 친구들과 이런 상황을 카톡으로 떠들었다. 한 친구가 그런 부탁은 무조건 거부해야 하고 위험하다고 알려 주었는데 사실 그때까지 뭐가 문제인지 몰랐다.

누군가 수하물을 맡기고 보안 검색대 통과를 부탁하는 경우 당연히 거부해야 하는 것으로 알고 있었다. 그 가방 안에 무엇이 들어있는지 모르기 때문이다. 하지만 단순히 이렇게 짐을 맡아 주는 것도 가담자가 되어 버릴 수 있어, 이유 불문하고 거절해야 한다. 너무 각박하다고 느꼈지만 짐 안에 밀수품이나 반입이 불가한 물건이 있다면, 이를 맡아 주는 행위 또한 동조하는 꼴이 되어 처벌받을 수 있다고 한다. 찝찝한 마음을 가지고 기다리고 있었는데 다행히 별일 없이 돌아와 줘서 다행이었다. 처음으로 해외여행 하면서 조금 더 경각심을 갖게 된 계기가 되었다.

과테말라 공항에서 볼 수 있는 한국어 안내판

과테말라 공항에 위 사진처럼 한글이 같이 쓰여 있어서 참신기했다. 그 이유는 현지 대사관에서 공항 관련 국내 연수와 코로나 시기에 마스크와 구호 물품을 기부한 것에 대해

감사를 표시하는 용도로 과테말라 정부에서 공항에 한글 안
내판이 만들어졌다고 한다. 그리고 공항에 도착해서 출국장
바깥에서 기다렸는데, 차라리 출국장 안으로 미리 들어올 걸
그랬다. 내부는 밝고 식당이랑 편의점도 있었는데 그걸 나중
에 알았다.

코스타리카에서는 뭘 해야 할까?

계획 없이 온 코스타리카에서의 길수길

비행기에서 내리자마자 나무늘보 그림이 제일 먼저 보였다. 계획 하나도 없이 도착했지만 묘한 떨림과 재밌는 일이 벌어질 것 같은 생각만 들었다. 볼리비아 비자 발급 이후 90일 이내 입국해야 해서 대략 일주일 정도는 머무를 수 있을 것 같았다. 코스타리카를 검색하면, 큰 틀의 키워드는 국립공원, 온천, 커피, 화산 등으로 대부분 자연과 관련되어 있었다. 그래서 유명하다는 국립공원 몇 군데를 알아보고, 입장권부터 교통비를 계산해 보니 생각보다 어마어마했다. '국립공원을 혼자 가면 재미가 있을까?', '이 가격을 지불할 만큼 가치가 있을까?' 생각을 한 5분 해 보니 '안 가 봐도 되겠다.'라는 결론을 내렸다. 이런 결정은 빨리 내린다.

도착하기 전, 과테말라 공항에서 밤을 새우고 온 터라 엄청 피곤했지만 숙소에 짐을 내려놓고 바로 주짓수 도장부터 찾았다. 여행할 게 아니라면 그 시간 동안 주짓수를 하고 싶었다. 왜냐하면 그동안 멕시코, 과테말라에 있는 동안의 운동량이 너무 부족하다고 느꼈기 때문이다. 틈날 때마다 주짓수 영상을 보고, SNS를 통해 한국 체육관에서 같이 운동하던 친구들 사진이 올라올 때마다 부러웠다. 일주일간 머무르고 다음 목적지인 파나마로 넘어갈 생각을 해서 산호세(San José) 시내로 넘어가지 않았다. 그저 공항 앞에 있는 가까운 동네에서 머무르면서 그동안 부족했던 운동 시간을 채우고 싶었다. 그리고 운동을 안 하는 시간에는 주로 낮에 산책하러 다니거나 글을 쓰고, 마트에 가서 장을 보곤 했다.

돈을 아낄 수 있는 식사 방법 중 하나로, 파스타나 빵 위주로 숙소에서 해 먹을 경우 엄청 저렴하게 한 끼를 채울 수 있다. 하지만 개인적으로 파스타와 빵은 되도록 안 먹으려고 하는 편이라 늘 고기 위주의 식단을 고수했다. 그리고 중남미의 빵과 케이크는 우리가 일반적으로 생각하는 그런 맛이 아니다. 정말 퍽퍽하고 맛이 없다. 물론 빵이 극단적으로 저렴한 페루나 볼리비아에선 딱딱하고, 주먹만 한 빵 하나에

100원, 200원 수준이라 여행하면서 간편하게 종종 한 끼를 때울 때도 있었다. 하지만 여행이 아닌 운동을 하러 마음먹고 오면 더욱 잘 챙겨 먹었다.

운동 끝나고 돌아가는 길, 혼자 땀에 절어 앞머리는 갈라지고 도복 가방을 멘 채로 걸어가면 흔치 않은 동양인 등장에 관심을 한 몸에 받기도 한다. 맥주 가게도 있고 음식점도 많았지만, 코스타리카의 물가는 살벌해서 외식할 생각이 들지 않았다. 주로 집으로 곧장 가서 소고기를 구워 먹는 편이었다. 혼자 자취하면서도 안 하던 요리를 이곳저곳 숙소를 옮겨 다니며 해 먹었고, 주방 가위가 없으면 칼과 손으로 해결했다. 불편한 건 있었지만 그런 것에 집중하지 않았다. 그리고 누구나 그런 상황에 닥치면 다 하게 된다.

자랑스러운 국적이란?

코스타리카에서 만난 친구의 브라질 국적 이야기

코스타리카 주짓수 체육관에서 로마인(Romain)이라는 친구를 만났다. 그 친구는 아버지가 브라질, 어머니가 페루 사람인 혼혈이었다. 그러면서 본인에게 브라질 피가 흐른다며 국적에 대한 애정을 과시했다. 아마 브라질 출신의 아버지를 굉장히 자랑스러워하는 듯했다. 어떠한 국적을 가지고 있다는 것이 누군가의 자존감을 높여 줄 수 있다는 걸 그때 처음 알았던 것 같다.

과연 나는 국적이 한국이라서 또는 한국인의 피가 흐른다는 것을 자랑스럽게 생각해 본 적이 있을까. 우리나라 K-pop, K-drama, K-food 등은 전 세계적으로 유명하고 충분히 자부심을 느낄만하다. 하지만 그 친구가 가진 브라질의 프라이드만큼은 아니었던 것 같아서 그런 자부심을 가진 친구가 한편으론 부러웠던 것 같다.

훌륭하신 분들 덕분에

한때 여행 관련 글을 찾아보는데 이런 글이 있었다. '한류 문화 덕에 한국인이 다른 나라에 가면 대접받는 수준이 달라졌다.'라며, '1~20년 전에는 한국을 모르는 사람이 많았지만, 요즘에는 BTS, 블랙 핑크 또는 넷플릭스 〈오징어 게임〉 등을 이야기하며 좋아하는 사람도 많아졌다.'라고 했다. 그리고 '그 덕을 세계 곳곳에 있는 한국인들이 받고 있다.'라는 말에 어느 정도 공감이 되기도 했다. 남미를 여행하며 그런 경험을 종종 할 때가 있다.

한국인이라는 이유로 같이 사진을 찍자고 하거나, 어설픈 한국어로 인사를 한다던가, 단편적으로 본 한국의 모습에 대해 좋은 점을 이야기하기도 한다. 물론 한국인 앞에서 안 좋은 이야기를 하지는 않겠지만, 그런 모습들이 신기하게 다가오기도 했다. 더욱이 볼리비아를 여행하던 중 한 작은 문방구에 BTS 사진이 붙어있는 것을 보며 신기함과 동시에 '이렇게 영향력 있는 그룹이구나!'를 다시 한번 느꼈다. 한국에서는 '빌보드 차트에 진입했고, 어디서 인터뷰를 했고, 어떤 상을 받았고' 등등 그저 기사로만 접하게 되니 크게 와닿지 않았는데 이렇게 눈으로 보니 더욱 실감이 났다. 한국에서 지낼 땐, 아이돌 노래를 잘 듣지 않았는데 덕분에 여행을 편하게 한다는 감사한 마음과 존경의 의미로 노래를 일부러 찾아서 듣곤 했다.

여행을 시작하기 전에 가방에 태극기 패치를 붙일까 말까 고민을 많이 했다. 한참의 고민 끝에 결국 붙이지 않았다. 한국인이라는 것을 알려 봐야 여행 중 한국 사람을 만나면 굉장히 어색할 것 같았고, 특별히 이득 될 것이 없다고 느껴졌다. 하지만 다시 떠난다면 혹은 주변에서 간다면 태극기를 붙이고 가는 것이 여행에 조금이나마 도움이 될 것이라고 말해 주고 싶다. 어차피 남미에서는 동양인이면 눈에 띄기 때문에, 태극기를 붙여서 받을 불이익은 크게 없다고 본다. 오히려 중국인으로 오해받을 것을 방지해 주어 스트레스가 적을 것이다. 중국인으로 오해를 한참 받다가 늦게서야 도복에 태극기 패치를 붙인 나처럼 후회하느니 차라리 처음부터 붙이고 가는 것을 추천한다.

내가 상상하던 파나마는 이렇지 않았는데…

빌딩 숲 파나마시티를 기대하고 온 나

파나마라는 나라를 생각하면 어떤 것들이 떠오를까? 태평양과 카리브해를 연결하는 파나마 운하와 수도인 파나마시티(Ciudad de Panamá) 정도가 아닐까 싶다. 내 머릿속에서는 그저 푸른 바다와 함께 빌딩 숲을 기대했다. 아마도 그동안 스쳐 지나간 외국 드라마, 영화를 보면서 남은 기억에 파나마는 고층 빌딩이 많고, 다양한 인종이 공존하는 그런 곳이었다. 게다가 현지 통화도 달러를 쓰는 나라! 하지만 그 기대는 첫날부터 산산이 조각났다.

공항에 도착해서 근처 작은 호텔로 이동했을 때까지만 해도 굉장히 불안했다. 다른 나라에서는 당연히 밤에 외출을 삼가고, 여러 가지 조심해야 할 부분들이 많다. 특히 늦은 시간,

공항에 도착한 경우에는 우버를 기다리는 동안 혹여나 '택시 강도'를 만나진 않을까 걱정이 되고, 낯선 장소를 찾으러 가는 일 등 걱정이 태산이었다. 더군다나 공항에서 숙소까지는 모든 짐을 다 가지고 이동하기 때문에 늘 이 시기에 불안했다. 혹시나 강도를 만난다면, 빼앗길 것을 대비해서 귀중품을 캐리어와 배낭에 분산해 두었다. 하지만 이렇게 모든 짐을 들고 이동하는 경우에는 달리 방법이 없었기 때문이다.

호텔에 도착해 배고픈 상태로 자려고 누웠는데 잠이 오질 않았다. 공항에서 숙소까지 택시 타고 오는 긴장감에 잠이 절로 달아났다. 라삐(Rappi, 배달 음식 앱)를 켜도 배달 가능한 식당이 몇 개 없었다. 구글맵으로 주변 식당을 찾아보는데 작은 치킨 가게가 하나 있었다. 치킨이 먹고 싶진 않았지만 그래도 그 근처로 가볼 겸, 일단 물도 사야 해서 필요한 현금 조금과 핸드폰을 챙겨 나왔다. 가까운 슈퍼에서 물을 한 병 구매하고 주변을 한 번 훑어봤는데 구글맵 상에 있는 치킨집으로 가려면 좁고 어두운 골목으로 들어가야 했다.

'가도 될까?' 잠시 고민하고 있을 때, 나를 바라보는 시선들이 느껴졌다. 순간 소름이 돋을 정도로 오싹했다. 가로등이 거의 절반은 꺼져 있었고, 벤치에 앉아 아무것도 하고 있지 않은 사람들이 보였다. 누가 봐도 여행자 차림의 동양인이라 타깃이 될 확률이 높을 것 같아서 겁이 확 났지만 아무렇지 않은 척 호텔로 유유히 들어갔다. 안전이 확보된 공간에서 놀란 마음을 가라앉히고 아까 걸었던 곳과 다른 방향인 빛이 환한 쪽으로 걸었다. 다행히 가까운 곳에 포장마차처럼 작은 길거리 식당이 있었고, 볶음밥과 고기반찬을 포장해서 얼른 숙소로 돌아왔다.

이튿날 여러 곳을 걸어 다니며 버스도 타보고 도시를 구경했다. 무작정 걷다가 한 동네에서는 다다랐는데 어젯밤과 같이 위험한 분위기가 본능적으로 느껴졌다. 이곳에서는 핸드폰을 꺼내기조차 조심스러울 정도로 낡은 건물들이 많은 빈민촌이었다. 위험해 보이는 사람들과 노숙자들이 갑자기 확연히 많이 보였다. 길을 잘못 들어왔지만 최대한 겁 안 먹은 척, 어깨 펴고 주먹을 꽉 쥐고 빠르게 걸어서 그 동네를 통과했다.

무작정 걷다 보면 잘못된 곳에 종종 가게 되는데 확실히 평범한 거리가 아니라는 게 느껴지는 것들이 있다. 예를 들면, 사람들 눈동자가 풀려 있다거나 갑자기 노숙자들이 거리에 많다던가, 허공에 대고 떠드는(환청, 환각) 사람이 보인다거나 이런 신호들이 있다. 그러면 그 즉시 사주경계를 철저히 하고 핸드폰을 볼 여유가 있다면 구글맵을 보고 큰길을 찾아 빠져나가야 한다. 하지만 주머니에서 꺼내는 것조차 안 될 분위기라면 어금니 꽉 깨물고 최대한 발걸음을 빨리 옮겨야 한다.

과테말라에서 본 일명 치킨버스, 미국이나 캐나다에서 폐차한 스쿨버스를 사들여 수리 및 개조하여 사용하는 대중교통이다. 가격은 저렴하지만 굉장히 불편하고 온냉방이 잘 안 된다는 특징이 있다. 그런 치킨버스는 과테말라 이후로 못 볼 줄 알았는데 파나마에도 있다니, 혼자 충격적이었다. 내가 생각한 파나마는 그저 고층 빌딩에 수많은 해외 각국의 비즈니스맨들만 있으리라 생각했는데 현실은 기대했던 장면과 조금 많이 달랐다.

멕시코 몬테레이

Tiger Army JiuJitsu, Monterrey Mexico

멕시코 몬테레이를 가기 전, 미리 주짓수 체육관을 몇 군데 알아보았다. 친구네 집에서 머무르기로 해서 그 주변을 검색하는데 도저히 걸어 다닐 수 있는 거리에 체육관이 없었다. 그나마 가까운 체육관이 차를 타고 20분 가야 했는데 퇴근 시간이 겹치면 더 오래 걸렸다. 일반적으로 퇴근 시간에 맞추어 저녁 7, 8시쯤 수업이 시작하는데 이곳도 그랬다. 이 지역은 차 없이 돌아다니는 게 어려운 동네다. 걷거나 자전거, 버스 등은 위험하다는 말을 많이 들었기 때문에 딱 한 번 운동하고, 그 이후로 가지 못했다. 먼 거리와 택시비, 치안 등을 모두 감당할 수가 없었다.

몬테레이는 한국 공장들이 있어 한국인이 많은 편인데, 아마 이 도장에 온 한국인은 내가 처음인 듯했다. 스페인어를 잘 못 한다고 하니 기술을 보여 주면서 스페인어로 한 번, 그리고 나를 위해 영어로 한 번 더 설명해 주셨다. 다른 관원들도 스파링하거나 기술을 알려 줄 때 영어로 친절하게 알려 주었다. 원래 처음 오면 어색하게 있는 경우가 많은데 여기는 오자마자 다들 친절하게 대해 주었다. 내게 관심을 가져 주는 친구들이 있었는데 '어디서 왔는지.', '뭐 하러 왔는지.' 등등 물어보았다. 한국에서 왔다고 하니, 한국 드라마를 재밌게 보고 있으며, 본인이 좋아하는 한국 배우 이름을 알려 주던 친구도 있었다.

하루밖에 운동해 보지 못해서 아쉽지만, 두 타임 수업을 들면서 오랜만에 스파링할 수 있어서 좋았다. 이렇게 체육관을 찾아가는 일은 굉장히 재밌다. 말도 잘 안 통할 때가 많지만 우린 몸으로 말할 수 있었고, 부족한 건 없었다. 시설이 조금 열악해 보이기는 했으나, 매트는 두꺼운 편이었고 튼튼해 보이니 이 정도면 충분했다. 정말 재밌게 구르다가 왔고, 멕시코는 확실히 체격이 큰 사람들이 많았다. 경량급보다는 중량급이 많았고 체형 자체도 내가 느끼기에 골격이 컸다. 다양한 나라에서 수많은 국적의 친구들과 스파링을 해보았지만, 멕시코는 그중 확실히 어려운 나라 중 하나였는데 내 체급과 맞는 사람이 없었기 때문에 더 힘들었던 것 같다.

멕시코 주짓수 체육관

몬테레이 주짓수 관장님과 함께

　수업이 끝나고 관장님과 기념으로 사진 한 번 찍고 돌아왔다. 한국을 좋아하는 친구들도 많았고, 수업 중에도 우노, 도스, 뜨레스(uno, dos, tres)를 한국어로 뭐라고 하는지 물어보기도 하며, '하나, 둘, 셋'을 몇 번씩 알려 주었다. 기회가 된다면 다시 가서 운동하고 싶은 체육관 중 하나다.

Hasta Luego!
다음에 봐!

과테말라 안티구아

Antigua Guatemala, Gracie Barra

과테말라 안티구아 주짓수를 검색해 보니 안티구아에서는 꽤 먼 위치인 호코테낭고(Jocotenango)라는 동네에 있었다. 안티구아에서 차를 타면 약 15~20분 정도 걸리는 곳이어서 숙소를 시내와 가까운 곳이 아닌, 아예 체육관 바로 옆으로 잡았다. 체육관을 가기 전날 미리 한 번 사전답사해 볼 겸 구글맵을 켜서 가는데 웬걸, 도착해 보니 공터가 나왔다. 분명 구글맵에는 이 자리가 맞는데 주변엔 다 쓰러져가는 집 한 채와 황량한 땅만 보였다. 그래서 주변에 있는 사람한테 구글맵을 보여 주고, 어디로 가는지 물어봤다. 입구에서부터 5분은 넘게 걸어야 체육관이 보인다. 정말 미로 같은 곳이다. 구글맵을 100% 신뢰할 수는 없어서 처음 가는 곳이면 늘 하루 전날이나 시간이 남을 때 한 번 그 주변이라도 다녀와 봐야 안심이 된다.

과테말라 어린이 주짓수 수업

드디어 구글에서 보던 사진이 조금씩 내 눈앞에 나오기 시작했다. '이런 곳에서 주짓수를 하다니, 낭만 그 자체 아닌가!' 주변은 카페와 식당들이 있어 사람들이 조금 있는 편이었다. 호코테낭고의 딱 이곳만 엄청 고급스럽게 꾸며 놓고 관리하는 듯했다. 여기서 만난 사람들 대부분이 현지인이었는데 느끼기에 일반인이 아닌, 다들 어느 정도 생활이 되는 훌륭하신 분들이 오는 곳 같았다. 완전 관광지인 안티구아에 비해 이곳은 여행객들이 전혀 모르는 곳이었다. 외진 곳에 이런 시설들이 왜 있는지 잘 모르겠지만 '어떤 부자가 이런 큰 공터에 식당과 카페 그리고 체육관을 조성해 놓은 것은 아닐까?' 잠시 상상했다. 모쪼록 이런 장소에서 운동한다는 것이 마냥 설레었다.

과테말라는 안 좋은 소식을 하도 많이 접해서 겁을 많이 먹었다. 하지만 체육관에서 만난 친구들 모두 친절했다. 저녁에 운동 끝나고 집으로 돌아갈 때는 데려다주려고 하는 등 물심양면으로 도와주려고 했다. 나처럼 낯 가리고 처음에 누군가를 만나는데 어렵고 어색한 사람은 친구 사귀기가 어렵다. 하지만 이렇게 만나다 보면 자연스럽게 친해질 수 있어 내게 최고의 조건이다. 그리고 이 체육관은 수업을 모두 영어로 진행하는 특이한 곳이었고 마치 한국에 있는 영어 마을과 같은 느낌이었다.

이곳의 단점이라고 한다면 아무래도 야외이고, 주변이 풀숲이라 모기가 많다. 그래서 체육관에 모기를 쫓는 약이 구비되어 있었다. 처음엔 별생각 없이 안 바르다가 나중에 모기 몇 방 뜯기고 나서 얼른 발랐다. 또 한 가지 아쉬운 점은 수업이 매일 있지 않다는 점이다. 주 3~4회 정도 했는데 안티구아에 머물렀던 일정 생각하면 몇 번 가질 못했다. 그럼에도 불구하고 이런 분위기에서 스파링해 보았다는 건 정말 행복한 시간이 아닐 수 없다. 대충 찍어도 멋있는 주변 환경 덕에 사진이 잘 나온다.

과테말라 주짓수 체육관

코스타리카 알라후엘라

AJR Jiu Jitsu Brasileño, Costa Rica

 체육관이 지하 주차장 바로 옆에 있어서 자동차 매연에 취약한 것이 단점인 것 빼고는 다 좋았다. 내부에 큰 화장실, 넓고 두꺼운 매트 그리고 좋은 사람들까지. 처음 방문해서 시간표와 가격에 관해 물어봤는데 일주일 내외로 머문다면 언제든 와서 운동해도 된다고 했다. 그래서 코스타리카 내에서 여행을 안 가고, 체육관에서 운동만 할 생각으로 숙소도 다시 잡고, 그렇게 일주일간 운동을 하고 왔다.

코스타리카 체육관 가는길

운동하러 갈 때마다 보던 풍경인데 항상 감탄하면서 다녔
다. 마침 또 노을 지는 시간대라 종종 가던 길을 멈추고, 하
늘을 올려다보곤 했다. 지구 반대편의 하늘은 뭐가 그리 달
랐을까. 이 거리를 지날 때마다 눈이 밝아지는 기분도 들고
신기했다. 우연히 온 코스타리카, 여행보다 주짓수를 할 수
있어 더 행복했던 일주일이었다. 보통 일주일 내외의 짧은
시간 여행하며 운동한다고 하면 돈을 받지 않았다.

그래서 늘 떠나기 전에 이온 음료 10~20병 정도 사서 방
문하는데 유일하게 코스타리카에서만 못했다. 이곳에서 게
토레이 한 병에 3,000원이 넘어, 10병만 사도 부담스러웠다.

그래서 마지막 날 조용히 친구들한테 "나는 또 파나마로 넘어간다."라는 말을 하고 사라졌다. 돈을 안 받으면 그만큼 보답을 하고 가는 게 늘 해왔던 당연한 일인데 못하고 와서 미안함이 남는다. 이럴 줄 알았으면 '차라리 한 5만 원 쓰고, 마음 편할걸.' 그 몇만 원 아끼려다가 마음 한편이 불편해졌다. 자주 갈 수 있는 곳이 아니기에 더 그런 느낌이 들었다.

알라후엘라(Alajuela)는 공항 바로 앞에 있는 동네다. 원래 한 이틀만 지내다가 산호세로 넘어가려고 했으나, 위험 지역이 제대로 파악이 안 되었다. 체육관도 그렇게 많지 않고 여행도 포기한 마당에 '주짓수나 하다가 가야지.'라는 생각에 이곳에 더 머무르게 되었다. 이 주변으로 스타벅스 카페 농장과 큰 공원도 있고, 전반적으로 잠깐 머무르기엔 평화롭고 좋은 마을이었다. 그리고 운동을 정말 재밌게 했다. 다들 친절했고, 먼저 와서 말 걸어 주는 친구들도 많았다. 한국에 출장을 와봤다고 하는 친구도, 넷플릭스 〈오징어 게임〉을 얘기하던 친구도, 페루에 가면 본인 집에 가서 자도 된다고 말하던 친구까지 있었다.

그리고 남자답고 멋있게 생긴 오스키 사범님(Profe. Oski)과 같은 사람들을 보면 문득 그런 생각이 든다. 만약 '외계인이 지구에 와서 남자와 여자가 무엇인지 또는 남자는 어떻게 생겼는지' 물어본다면 고민 없이 저 친구 사진을 보여 줄 것 같다. 지구에서는 이런 사람이 남자라고 불린다고. 여행하면서 저렇게 잘 생기고 남자답고 주짓수 잘하는 친구를 두 명 만났다. 나머지 한 명은 콜롬비아에서 만난 안드레스(Andres)인데 정말 친했던 친구 중 하나다.

코스타리카 주짓수 체육관

Pura vida!
좋은 하루 보내!

주짓수로 떠난 중남미 여행

파나마 파나마시티

Serpente Brazilian Jiujitsu, Panama

파나마 물가는 생각보다 비싼 편이었다. 바다가 보이는 다른 체육관은 하루에 25달러라고 하니 망설여졌다. 세미나도 아니고, 하루 수업료로 35,000원은 부담스러워서 알아보다가 연락이 닿은 곳이 바로 이 체육관이었다. 사범님이 여성분이었는데 나중에 알고 보니 관장님의 사모님이셨다. 부부 주짓떼로라니, 관장님 커플을 보면서 부럽기도 했다. 같은 취미를 나누고, 또 그 취미를 업으로 삼는다는 일은 얼마나 행복할까 잠시 생각에 빠졌다. 이렇게 혼자 여행하며 즐기는 취미생활도 즐거운데 함께할 누군가가 있다니…!

파나마를 올 생각을 하지 않고 있다가 문득 '코스타리카까지 왔으면 당연히 들려야 하지 않을까.' 하는 생각이 들었다.

책에서만 보던 파나마 운하를 눈앞에서 보고 싶었다. 며칠 안 되는 기간 파나마에 왔고, 그 여행하는 시간을 쪼개서 이 도장에 왔다. 결과적으로 보면, 이곳에 잘 왔다는 생각이 들었다. 유색 벨트의 관원들은 모두 내게 하나라도 더 가르쳐 주려고 노력했고, 대부분의 친구 또한 친절했다. 며칠 안 되는 기간 머물렀던 체육관이지만 이렇게 기억에 오래 남기도 한다. 그리고 행복했던 그 장면을 사진으로나마 추억한다.

마지막 날 관장님이 물으셨다. 다음에 어디를 여행하느냐고. 그래서 다음은 볼리비아를 간다고 하니 코차밤바(Cochabamba)에 본인의 제자가 운영하는 안데스 주짓수 도장을 알려 주셨다. 그날 처음 들어 본 지역이었다. 볼리비아 여행지로 수크레(Sucre), 우유니(Uyuni)만 기대하고 있어서 처음 들었을 땐 갈 생각 전혀 없었으나, '사람 일은 모른다.'라는 말이 이럴 때 쓸 수 있을까. 수크레에서 마음에 드는 도장을 찾지 못했고, 고도가 높은 라파즈에서는 계단을 오르는 것도 숨이 찼다. 이곳에서 주짓수를 한다는 건 상상할 수도 없었다. 결국, 이곳저곳을 떠돌아다니다가 모리스(Morris) 관장님이 알려 준 코차밤바에 있는 도장이 떠올랐고, 바로 떠났다.

파나마 주짓수 체육관

주짓떼로의 기록

가기 전 상상했던 모습과 많이 달랐던 중미, 그래서 더 재밌었다. 예상치 못한 불행도 많았지만, 예상치 못한 행복이 훨씬 더 컸다. 성격상 계획이 틀어지는 것에 큰 스트레스를 받는다. 하지만 무계획으로 여행을 하다 보니, 상황에 맞추어 선택하고 좋지 않으면 바꾸면 되었다. 처음으로 무계획의 장점과 자유를 맛보았다.

'무계획이 계획이다.'라고 하는 말은 게으른 사람들의 핑계라고 생각했는데, 나쁘지 않은 선택이었다. 그렇게 다녀온 코스타리카와 파나마는 결과적으로 성공적이었다. 계획이 없던 것이 오히려 내게 그 이상의 추억을 얻게 되었다.

PART 2

나만 조급한 거
아니지?

볼리비아, 아르헨티나

첫 남미, 볼리비아 12시간
절망적인 버스 여행

혹독했던 남미 신고식

중미(멕시코 → 과테말라 → 코스타리카 → 파나마)를 거쳐 이제 남미 첫 국가인, 볼리비아 산타크루즈에 도착했다. 파나마에서 볼리비아로 오는 비행기부터 삐걱댔다. 비루비루 공항의 기상이 좋지 않아 착륙하지 못하고, 파라과이 아순시온으로 착륙했다가 다시 오는 바람에 예상 시간보다 5시간은 더 걸려서 볼리비아에 도착했다. 오랜 비행 때문에 피곤해지긴 했지만 다행히 옆좌석 할머니와 얘기하면서 가서 지루하지는 않았다.

할머니가 2가지를 알려 주셨는데 하나는 곧 있을 오루로(Oruro) 축제에 관한 이야기였고 두 번째는 혼자 다니는 것에 대한 걱정과 항상 조심해야 한다고 일러주었다. 특별히 가고 싶은 곳이 없던 산타크루즈에서 바로 수크레로 이동하기로 마음먹고 버스터미널을 돌아다니는데 시스템이 우리나라와 같지 않았다. 버스 회사별로 노선이나 버스 퀄리티 등등 다르고, 가격 또한 정찰제가 아니라서 최대한 발품 팔면서 가격도 깎을 수 있었다. 물론 쉽지 않지만, 가격 흥정을 하는데 필요하다면 칭찬도 하고 애교를 부리기라도 해야 한다.

볼리비아 산타크루즈 터미널

버스터미널에 가 보니 전통 복장을 입은 분들도 많았는데, 위 사진과 같이 모자를 쓴 여성분은 결혼했다는 의미라고 한다. 배낭 여행족들도 생각보다 많았는데, 서양에서는 보통 캐리어보다 배낭을 선호하는 듯했다. 본인 몸보다 더 큰 가방을 메고 걸어 다니는 모습을 자주 보게 된다. 버스터미널

주짓수로 떠난 중남미 여행

앞에서 사람들이 많이 떠나는 지역 이름을 떠들거나 피켓을 들고, 버스 티켓을 판매하는 분들이 엄청 많다.

이런 분들이 코차밤바를 외칠 때면, "코차밤바 코차밤바아~", "수크레 수크레 수크레에~" 등등 지역마다 특이하게 노래를 부르듯 다른 음이 다 있다. 보통 호객행위를 하면 대부분 무시하곤 했다. 하지만 여행 유튜버들이 호객행위를 하는 곳에서도 한 번씩 무언가를 사거나 가이드 고용하는 등의 장면이 기억나서 한 번 시도해 보기로 했는데 그때까진 몰랐다. 이것이 불행의 씨앗이 될지….

사진 속에만 있는 고급 버스

호객행위를 한 분을 따라서 한 버스 회사 창구에 도착했다. 좌석이나 버스는 어떻게 생겼는지 등등 물어봤는데 새 버스 사진을 보여 주며 혼자 앉을 수 있는 좌석인 15번을 주겠다고 했다. 저렇게 깨끗한 버스 사진과 1인 좌석을 보통의 가격에 판매한다면 마다하지 않을 이유가 없었다. 그래서 바로 결제하고 티켓을 받았다. 호객행위를 하던 분은 나를 데리고 와서 결제까지 했으니 그 자리에서 커미션 개념으로 약 20볼(한화 약 3,800원)을 현금으로 받는 것 같았다.

이후 버스 매표소 사장님이 직접 캐리어를 끌어주고 버스 앞에까지 가져다주셨다. 많은 사람이 줄 서서 짐을 싣고 있었는데 결제할 때 보던 사진과는 정말 다른 버스 한 대가 서 있었다. 버스를 보자마자 1차 충격이었다. 버스 창문이 열려 있다는 건 날이 더워도 에어컨이 안 나오는 버스일 가능성이 매우 농후했다. 외관에서 느껴지듯이 엄청나게 노후화되어 있다. 이때 다시 결제한 곳에 돌아가서 따지고 싶었으나 버스 출발시간보다 벌써 20분이 지난 시간이었고 별다른 선택지가 없어 보였다.

일단 버스에 탔다. 혼자 있는 좌석을 찾았지만 전부 두 자리씩 붙어 있었고, 냄새가 어마어마했다. 버스 좌석 시트부터 낡고, 위생적으로 엄청나게 안 좋아 보였다. 이런 버스는 대부분 승객이 꽉 찬다. 그래서 다른 자리로 이동할 수도 없었고, 이동하더라도 별 차이가 없어 보였다. 자리를 둘러보고 있었는데 옆자리엔 신발을 벗고 맨발로 앉아 있는 현지인이 보여 2차 충격이었다. 주변을 둘러보니 다들 바글바글 짐을 많이 들고 있는 사람들부터 아기를 좌석 복도에 눕혀서 재우는 모습도 볼 수 있었다. 지나다니는 통로에 혹시라도 아이가 밟히진 않을까 걱정되고, 모두가 땀 흘리고 있는 상황에도 음식을 먹는 사람들까지 있으니 정신이 온전치 못했다.

볼리비아 버스 내부

의자에서 악취가 올라와서 옷과 몸에 냄새가 배는 느낌이
들었다. 한 시간 넘게 지나서야 버스가 움직이기 시작했다.
머리에 닿기조차 싫어 12시간 가방을 끌어안고 최대한 잠을
안 자보려고 눈에 불을 켜고 버텼으나 눈꺼풀이 무거워 30분
씩 자다 깨다 했다. 처음 온 남미 국가인 볼리비아, 첫인상부
터 거짓말에 속고 그저 울고 싶은 마음뿐이었다. 이런 식이
라면 '앞으로 남미 여행 더 못할 수도 있겠구나.' 생각까지 들
었다. 그래서 멕시코 친구에게 불평 가득하고, 황당하기도
한 심정을 토로했다.

"버스 회사 직원이 나한테 거짓말을 했어!", "내부가 너무 끔찍해!" 부정적인 이야기를 한가득했지만 돌아오는 대답은 침착했다.

"여긴 너희 나라가 아니야. 그건 그들의 영업 방식이고, 여긴 라틴 아메리카야. 그게 싫다면 넌 언제든 돌아올 수 있어."

그 친구의 말에 할 수 있는 답이 없었다. '그래, 누가 남미 가라고 등 떠밀었나? 아니지, 여행하고 싶어 내 발로 온 것이다.' 내가 스스로 선택한 길, 버텨야 했다. 그렇게 한참을 달리다가 어느 순간 갑자기 한 공터에 버스가 멈추더니 사람들이 하나둘 일어나서 내리기 시작했다. 눈치껏 지금 내려도 될 것 같다는 생각이 들었고, 짐을 모두 챙겨 내려보니 다들 각자 자리를 하나씩 잡고 용변을 해결하고 있었다. 남자든 여자든 그저 버스가 멈췄을 때 해결해야겠다는 생각으로 모두가 빨리 움직였다. 버스가 멈춘 위치도 어두워서 잘 몰랐지만, 일반 공터가 아닌 한 주택가였다. 눈앞에서 펼쳐지는 남의 집 앞에 볼일을 보는 광경이 잠이 덜 깨서 그런지, 꿈인지 헷갈릴 정도로 현실적이지 않았다. 그렇게 남미 첫 신고식(?)을 이렇게 치른 것만 같았다….

내겐 귀인 같은 볼리비아 동행을 찾다

감사했던 여행 동행

여행 기록을 블로그에 꾸준히 쓰고 있었다. 우연찮게 댓글로 소통하던 분이 볼리비아 수크레에 있다고 했다. 지난 사건 이후 혼자 버스 타는 것 자체가 무섭고, 두려웠기에 동행이 간절히 필요했다. 그래서 곧장 수크레에서 만나게 되었다. 일정에 관해 이야기하던 중, 다음날 우유니를 간다고 하셨다. 우유니를 당장 가고 싶은 마음은 없었지만, 그때 같이 따라가지 않으면 버스 트라우마를 벗어나기 어려울 것 같았다. 그래서 동행분 일정에 따라 약 3박 4일간 따라다니기로 했다. 동행해 주신 분 덕분에 우유니를 무사히 다녀올 수 있었다.

우연히 우유니 사막 투어 중 만난 아르헨티나 가족들도 있었다. 처음엔 서먹하게 서로의 눈치만 보고 있었는데 동행해 주신 분이 다 같이 사진을 찍어주겠다고 했다. 다들 신나서 여러 포즈를 취했는데 결국 이렇게 무난한 사진이 제일 잘 나온 것 같다. 짧은 스페인어로 대화를 주고받고, 발음과 단어가 약간 다른 아르헨티나식 스페인어에 대해 배우기도 했다. 이 친구들 덕분에 더 재밌는 시간을 보냈다. 우유니를 떠올리면 예쁜 풍경도 기억에 남지만 그 가족들이 떠오른다.

볼리비아 우유니 단체 사진

이후 우유니에서 나는 수크레로 다시 돌아가고, 동행하셨던 분은 아르헨티나 살타로 이동했다. 여행 루트가 서로 반대 방향이라 앞으로 마주칠 일은 없어서 한국에 돌아가면 꼭 다시 보자고 약속했다. 그 이후에 혼자 다닐 때는 버스를 애용하게 되었다. 이젠 더 그런 속임수에 낚이지 않았다. 항상 몇 차례 확인하고 예매하기 전 직접 가서 버스를 확인하러 가본 적도 있었다. 다행히도 그런 고통 속의 버스는 처음이자 마지막이었다. 정말 힘들었던 기억은 결코 유쾌하지 않지만, 시간이 지나면 '그땐 그랬지.' 하며 웃어넘길 수 있다.

ps. 귀국하고, 우유니 동행했던 분과 만나 식사도 했다. 이번에는 유럽 여행을 준비 중이셨고, 돌아온 지 1년 만에 6개월짜리 장기 여행을 곧 떠나신다고 했다. 같은 여행자로서 응원하게 된다. 파이팅이다!

남들이 좋다는 건, 내게도 좋을까?

도시 전체가 유네스코 문화유산이라는 수크레

여행을 떠나기 전부터, 남들이 가보지 못한 곳을 가고 싶었다. 모두가 가는 유명한 곳 말고 숨겨진 보물과 같은 곳에서 한 달 살기를 해보고 싶었다. 그래서 찾던 중 한국인들이 잘 모르지만 좋은 곳이 있다는 글을 봤다. 그곳은 볼리비아 수크레였다. 사법상 수도인 곳이며, 치안이 상대적으로 다른 곳들보다 낫다는 평이 많았다. 그래서 한 달간 수크레에만 있을 생각을 하고 떠났다.

하지만 막상 도착해서 이틀 정도 지내보았는데 너무 심심했다. 수크레의 치안은 다른 볼리비아 도시보다 조금 더 나은 것 같은 느낌은 들었으나 조금 실망스러웠다. 찾아본 글에서는 분명 오래 머물기 좋고, 여행하다가 쉬는 동네로 많이들 머무는 곳이라고 들었다. 하지만 특별할 것이 없었고 12시간 장거리 버스를 고생하고 타고 왔는데 허무함이 들었다.

대다수가 좋다고 하는 곳은 당연히 나한테도 좋은 줄 알았는데 그렇지 않았다. 마치 유명 맛집에 줄 서서 기다렸다가 음식을 먹어보니 내 취향이 아닌 것 같은 기분이었다. 물론 여행은 여러 상황을 마주하고 예상치 못한 경험을 즐길 수도 있고, 때로는 그 안에서 새로움을 찾을 수도 있다.

기대가 크면 실망도 큰 법일까. 개인적으로 나에게 수크레는 정말 지루하고 조용한 동네였다. 더군다나 내게 중요한 주짓수 체육관이 수크레에는 없었다. 몇 군데 찾아다녔지만 주짓수 전문 도장은 아니었다. '남들이 좋다고 나한테까지 좋은 건 아니구나.' 느껴졌고 자연스레 이런 생각이 들었다. 앞으로 누군가의 추천 여행지보다는 내가 가고 싶은 곳을, 원하는 곳을 직접 찾아다녀야겠다고.

참고로 도시 이름인 수크레의 뜻은 프랑스어로 '설탕'이라고 한다. 백색의 도시답게 설탕이라는 이름이 잘 어울리는 도시다. 최근에 한 블로그를 통해 2009년에 다녀오신 글을 보게 되었는데 내가 찍었던 사진과 크게 다를 바가 없다고 생각이 들었다. 이 긴 세월 속에 이곳, 수크레만큼은 시간이 멈춘 듯 그대로 보존되고 있었다.

　우리는 많은 이야기를 듣고, 남들이 좋아 보이는 길을 따라 걷기도 한다. 나한테 조금 맞지 않아도 남들이 좋다고 하면 따라 하는 경우가 있다. 내 경우에도 마찬가지였다. 여행지를 추천받아 왔는데 막상 오니 별로일 때, 더욱이 한국인들에게 덜 유명한 여행지라고 기대하고 와서 더 실망스러운 것 같았다. 그럼에도 불구하고 이런 것조차 여행의 한 과정이고 경험이다. 그래서 그런 생각이 들 때, 바로 다른 곳으로 떠날 생각을 했다. 어디를 가야 할까 고민하던 찰나에 어떤 사진을 보게 됐는데 너무 매력적이었다. 알아보니 마침 볼리비아였고 대략 버스를 총 16시간 타면 갈 수 있는 곳이라 바로 짐을 챙겨서 떠났다.

사진 한 장에 매료된 볼리비아 여행지

우연히 본 사진 한 장이 크게 눈에 띄어 이곳저곳 검색을 해보았다. 분명 여행을 준비할 때 비슷한 사진을 본 것 같아서 여기저기 검색해 보았다. 마침내 찾은 곳은 볼리비아 티티카카 호수 마을인 코파카바나(Copacabana)였다. 라파즈에서 약 4시간 버스를 타고 이동해야 하는 거리인데 당시 나는 수크레에 머물고 있었다. 볼리비아 다음 목적지인 아르헨티나를 생각하면 아래로 이동해야 했지만 사진 한 장에 빠져 거꾸로 위로 올라가게 되었다.

수크레에서 라파즈까지는 버스로 대략 12시간이 걸렸다. 라파즈는 갈 생각이 전혀 없었지만, 사진 한 장에 꽂혀 편도 16시간 거리를 이동하게 되었다. 라파즈에서 코파카바나로 가는 길은 버스로 약 4시간인데 거기에 보트까지 탑승해야 한다. 보트를 약 5분 정도 탑승하는데 버스도 같이 이동하는 게 신기했다. 이 가까운 호수를 건너기 위해 버스를 화물선⑺에 태워 이동하는 모습을 보니, 굉장히 비효율적인 것 같았다. 사람들만 호수를 건넌 후, 코파카바나 내에서 운영하는 버스를 이용하면 어떨까 했지만 여긴 볼리비아다. '여행자의 눈에는 보이지 않는 어떤 문제가 있겠지.' 싶었다.

마치 코파카바나 호수를 건너는 버스와 같이, 나의 볼리비아 여행 루트는 비효율의 극치였다. 이로 인한 경제적, 시간적 낭비 등으로 이루 말할 수 없다. 계획 없이 다니면 이렇게 된다는 표본이 아닐까 싶다.

볼리비아 이동 경로

주짓수로 떠난 중남미 여행

1) 산타크루즈 → 수크레 (12시간)

2) 수크레 → 포토시 → 우유니 (10시간)

3) 우유니 → 수크레 (8시간)

4) 수크레 → 라파즈 (12시간)

5) 라파즈 → 코파카바나 (4시간)

6) 코파카바나 → 라파즈 (4시간)

7) 라파즈 → 코차밤바 (7시간)

8) 코차밤바 → 비야손(16시간)

볼리비아 코파카바나 호수

매료되었다는 그 사진이 바로 이곳, 코파카바나 전망대에서 내려다본 티티카카 호수다. 비록 괜찮은 셀카는 건지지 못했지만, 이런 풍경을 맨눈으로 보고 있노라면 감히 '황홀하다.'라고 표현할 수 있을 것이다. 이런 감정을 느끼기 위해 동선을 다 무시하고, 총 16시간 버스와 보트를 타고 왔구나 싶었다. 잠시 머무는 동안 큰 감동이 밀려왔다.

볼리비아는 2월에 오루로라는 지역에서 큰 축제를 진행한다. 이 시기에 다른 지역도 마찬가지로 축제를 즐기는데 마치 우리나라 설 명절 시기를 보는 듯했다. 전망대를 오르는 길에 할아버지 한 분이 집 주변으로 술을 뿌리고 계셨다. 마치 액운을 물리쳐주기라도 하듯, 그 모습은 사뭇 진지해 보였다. 전망대에 올라와서도 가족들끼리 모여있는 모습을 엿볼 수 있었고 할머니 몇 분은 이곳에서 촛불을 켜고 기도를 하고 계셨다. 코파카바나 풍경 사진 한 장을 다행히도 볼리비아에 머물고 있을 때, 알게 되어 감사했다. 계획도 없이 즉흥적으로 혼자 떠났던 코파카바나는 내게 감격스러운 여행지 중 하나가 되었다. 가끔은 이렇게 무모하게 시도했던 선택이 후회 없는 추억이 되기도 한다.

결국 '남의 경험'이 아닌 '나의 경험'

아르헨티나 페소는 정말 '휴지 쪼가리'일까?

남미사랑 단톡방을 통해 여러 사람이 다녀왔던 곳의 정보와 경험을 공유하는 것으로 굉장히 여행에 이득이 많았다. 그런데 간혹 본인이 겪은 경험이 공공연하게 마치 누구나 다 맞는 것인 양 이야기를 하는 분들이 있다. 그것이 사실인지 아닌지는 중요하지 않다. 하지만 그 사람의 경험이 다른 사람들에게까지 똑같이 적용될 리 만무하다.

그중 한 가지 예를 들면, 아르헨티나 경제가 몇 년 전부터 인플레이션이 심해 돈의 가치가 날로 하락하고, 기준 금리는 100%가 넘어갔다는 뉴스를 다들 한 번쯤 들어봤을 것이다. 그와 관련하여 한 사람이 채팅방에서 "아르헨티나 페소의 가치는 없으니 다른 나라에 가서 환전하려면 '똥값'이다. '종이 쪼가리'다. 그러니 아르헨티나 페소는 현지에서 전부 다 쓰고 오는 것이 낫다."라는 말을 했다. 그리고 다른 사람들도 이에 대해 아무 말이 없어서 그런 줄 알았다. 그래서 아르헨티나 페소를 남기지 말고 쓰려고 했으나 일정이 긴박해서 다 쓰지 못했다.

하지만 브라질로 넘어왔을 때, 브라질 국경에서 아르헨티나 페소도 암환율 적용이 되어 비슷한 수준으로 환전할 수 있었고 계산해 보니 전혀 똥값이 아니었다. 물론 국경 근처의 환율은 대개 낮게 쳐주는 편이지만 엄청난 손해는 아니었다. 또한 볼리비아에서 아르헨티나로 국경을 넘어올 때도 아르헨티나 페소와 볼리비아 볼 환율을 계산해 보니 어느 정도 환전상의 마진을 생각하면 이것도 그리 나쁘지 않았다.

유독 한 사람이 지속해서 아르헨티나 관련 이야기가 나오면 그런 답변을 해서 그렇게 믿고만 있었는데 이래서 직접 다 계산해 보고 판단을 해야 한다. 부정확한 정보, 주관적인 생각이 객관적인 척한다. 이런 정보를 직접 확인해 보고 받아들일 필요가 있다. 그런 적이 사실 한두 번이 아니었으나, 딱히 문제 제기하지는 않았다. 어떻게 환전을 했는지, 사기를 당했는지 알 수는 없지만 그저 그 사람의 경험인 것이다. 그리고 그분의 경험을 '참고'만 하면 된다. 그런 말을 진실인 양 믿을 필요도 없고 그렇게 말했던 분도 나와 같은 여행객에 불과하다. 그러니 다른 사람의 이야기는 '어느 정도 걸러서 들을 필요가 있다.'라고 배웠다.

볼리비아에서 아르헨티나 육로 국경 넘기

걸어서 국경을 넘는 로망

　우리나라의 특성상 육로로 국경을 넘는다는 건 상상도 할 수 없으므로 대부분 꿈꾸고 있지 않을까 한다. 비행기를 타고 해외를 나가는 것도 좋지만 차를 타고 국경을 넘거나 걸어서 넘는 것에 대한 로망이 있었다. 하지만 그 로망은 그리 오래가지 않았다.

끝이 보이지 않는 국경 대기 줄

국경 사무소 줄을 보고 나의 환상은 처참히 깨졌다. 볼리비아 국경 사무소에서 아침 7시부터 줄 서서 기다리다 보니 생각해 왔던 그런 신나는 모습이 아니었다. 춥고 피곤하고 가져온 서류에 문제가 없기를 바라는 마음뿐이었다. 코차밤바에서 약 16시간을 걸려 도착한 국경 마을인 비야손(Villazón)이다. 버스 정류장에서 내리자마자 다들 서둘러 짐을 챙기고 나가는 걸 보면서 의아하게 생각했는데 '이렇게 다들 줄 서려고 분주하게 출발했구나.'를 한참 뒤에 줄을 서며 느꼈다.

결국 2시간 반을 멍때리며 보냈다. 바로 앞에 있던 한 친구는 아르헨티나 부에노스아이레스 출신인데 일하러 볼리비아에 온다고 했다. 엄마랑 같이 보따리 장사를 하는 것 같았는데 스페인어가 부족해서 깊은 대화는 나누지 못했다. 그 친구에게 국경을 지나다니는 버스를 보며 물었다. "차라리 지금 버스터미널로 돌아가서 버스 타면 지금 줄 서 있는 것보다 빠르지 않을까?" 그 친구의 대답은 절대 아니라며 저 버스는 아르헨티나로 가지 않는다고 했다.

하지만 줄 서 있는 약 2시간 반 동안 5대는 족히 지나가는 걸 보면서 긴가민가했다. 이미 기다렸던 시간이 아깝기도 하고 줄은 갈수록 더 길어지고 이러지도 저러지도 못하는 채로 시간만 흘러서 그냥 계속 줄을 서 있었다. 이 친구 말이 사실인지 아닌지는 아직도 모른다. 과감하게 한 번쯤은 버스터미널로 돌아가 해 볼 만한 베팅이었는데 기회비용을 고려하지 못했다. 며칠 전 극심한 장염 증세와 피곤함 그리고 배고픔이 더해져 머리가 전혀 돌아가지 않았다.

국경을 건너 아르헨티나 국경 사무소를 보니 직원들이 컨테이너에서 일하고 있었다. 이것저것 서류를 미리 준비했지만 여권만 확인하고는 입국 심사가 끝났다. 그래서 컨테이너 우측 건물에 가서 짐 검사를 받았는데 여기서 작은 문제가 발생했다. 들어가서 가지고 있던 모든 짐을 엑스레이 검사받았는데 갑자기 캐리어를 열어보라고 했다. 문제 될만한 것은 없으므로 당당하게 보여 줬는데 예상치도 못한 렌즈를 문제 삼았다. 처음에는 이게 무엇인지 물어보길래 있는 그대로 대답을 했다.

그러더니 90개가 들어있는 렌즈 새 제품을 들고 가져가서 직원들끼리 상의를 하고 있었다. 지금까지 비행기 수화물로 잘 들고 다녔으니 문제가 없으리라 생각했는데 정말 난감했다. 별거 아닌 물건이면 그냥 버리는 셈 치고 올 텐데 렌즈는 내게 맞는 도수와 가격 등을 생각하면 뺏길 수가 없어 애걸복걸했다. 열려 있는 캐리어 한쪽 구석에 있던 도복을 들어 보이며 운동할 때 쓰는 렌즈고 안경을 벗으면 정말 안 보여서 가지고 다닌다고 얘길 했다. 대답도 없고, 무관심한 직원들의 태도에 반쯤 포기하고 있었는데 한 30분쯤 지났을까. 별거 아니라고 판단했는지 다행히 돌려받았다. 고생스러운 첫 육로 국경을 넘어 본 날이었다.

아르헨티나 살타행 5분 지난 버스 티켓

누구도 약속 시간을 지키지 않는 곳

비야손 국경을 넘으면 아르헨티나의 라 퀴아까(La Quiaca) 도시가 나온다. 국경도시인 만큼 남은 볼리비아 볼 화폐를 아르헨티나 페소로 환전해서 버스 티켓을 구매했다. 원하는 시간대에 살타를 직접 가는 버스는 없고, 후후이(Jujuy)를 경유해야 했다. 상태도 안 좋았고, 볼리비아에서 동행했던 형을 다시 살타에서 저녁 전에 만나야 했기 때문에 지체할 수 없었다. 라 퀴아까에서 버스를 탔고, 약 5~6시간쯤 걸려 후후이 버스터미널에 도착했다. 도착한 시간은 약 오후 5시 50분, 터미널 창구에 살타를 얘기하니 티켓 가격이 2,800페소라고 알려 주었다. 돈을 내고 티켓을 받았다.

받은 티켓은 5시 45분이라고 적혀있었다. '현재 시각 오후

주짓수로 떠난 중남미 여행

5시 50분인데 왜 나에게 5분 전의 버스 티켓을 준 걸까?' 황당했다. 다시 창구에 가서 티켓을 잘못 줬다고, 시간이 이미 지났다고 시계를 보여 주며 설명했다. 하지만 창구 직원은 "저기 보면 버스 한 대 있으니 거기 가서 타면 된다."라며 태연하게 말했다. 상황이 이해가 가지 않았지만 일단 캐리어와 짐을 끌고 허겁지겁 버스에 탑승했다. 한 가지 더 웃긴 건 그렇게 짐을 싣고, 부리나케 버스에 탑승하였지만 출발하지 않고 한 10분 뒤에 시동을 걸었다.

중남미를 여행하다 보면 흔한 일이다. 버스 회사뿐만 아니라, 투어 당일 가이드들도 많게는 1시간씩 늦어 버리는 경우가 대수롭지 않게 일어난다. 그래서 늘 약속 시간에 늦을 것을 예상해야 한다. 장거리 버스도 10시간 걸린다고 말은 하지만, 막상 도착하면 12, 14시간 걸리는 경우도 많고 시간에 대해서는 굉장히 관대한 편이다. 그래서 계획을 너무 타이트하게 잡으면 다음 일정을 소화하지 못할 수 있다. 변수가 많아 계획대로 되지 않을 확률이 굉장히 높다.

내 계획은 처음부터 틀어졌기 때문에 오히려 마음이 편했다. 어차피 계획도 없는 여행, 더 머물고 싶은 동네가 있으면 숙소를 연장했고, 마음에 들지 않은 동네가 있다면 다른 동네로 옮기곤 했다. 아르헨티나 살타는 남미 여행하며 처음 '안전한 것 같다.'라는 느낌을 받았다. 자정에도 버스가 돌아다니고 낮에는 관광객들도 많고 대부분의 사람이 온화한 미소로 맞이해 주었다.

아르헨티나에서 번호 따인 썰

인생 최초 번호

때는 살타를 여행하던 중 아이스크림 가게에서 생긴 일이다. 동행하던 형과 함께 살타 시내 구경을 하다가 날이 더워서 근처 아이스크림 가게에 갔다. 당시 장염으로 한참 고생하고 있던 터라 몰골이 말이 아니었지만, 아이스크림 가게를 그냥 지나칠 수 없어 '조금 더 고생하고 말지.' 싶은 마음에 아이스크림을 주문했다. 아르헨티나에서 달러를 아르헨티나 페소로 암환전하면 물가는 생각보다 저렴한 편이다.

암환율 덕분에 저렴하고 맛있는 아이스크림을 양껏 먹을 수 있는 환경이니, 가장 좋아하는 간식을 그냥 지나칠 수 없었다. 가게에 가기 전에 동행하던 형이 빌려준 선크림을 바르는데 얼굴을 아무리 문질러도 백탁현상이 지워지지 않았다. 어차피 이곳에서는 아무도 나를 모르니 신경 쓰지 않고, 얼굴이 허옇게 뜬 채로 다녔다. 그렇게 아이스크림을 먹던 중 한 장의 휴지를 건네받았다.

아이스크림 가게에서 받은 휴지 한 장

이 휴지를 받기 전에 한 아주머니가 뒤에서 내 어깨를 두드리며 "…미 이하(…mi hija, 내 딸)."라고 했다. 처음에는 무슨 상황인지 몰랐으나, 그중 알아들은 것은 "내 딸이~"라고 한 것만 알아들었다. 대략 아주머니 딸이 연락처를 주고 싶은데 용기는 안 나서 대신 전해 주신 것 같았다. 난생처음 일어난 일이었다. 정확히는 왓츠앱 번호와 인스타그램 아이디를 받았다.

"이렇게 얼굴이 허옇게 뜬 채로 다녀도 이런 일이 생기는 구나!" 같이 아이스크림을 먹던 형과 한참을 박장대소했다. 아마도 비루한 외모에도 동양인이라 눈에 띄었나 보다. 연락처를 받았으니 일단 사진을 한 번 찍어 놓고, 다 먹은 아이스크림과 함께 정리해서 휴지통에 넣었다. 그리고 이때까지는 살타를 곧 떠날 생각을 해서 연락하지 않으려고 했었다.

살타 카파야테(Salta Cafayate) 투어 예약을 알아보던 중, 렌터카를 빌려서 여행하면 훨씬 더 자유롭고 저렴한 가격에 여행할 수 있었다. 그러기 위해서는 네 명이 필요했다. 나와 동행하는 형 그리고 두 명이 더 필요했는데 남미 여행자 커뮤니티를 통해 구해 보려고 했으나 구할 수 없었다. 결국, 궁여지책으로 휴지에 적힌 인스타그램으로 연락을 했다. 결론을 먼저 말하면 이후에 만나진 못했다. 알고 보니 한참 어린 학생이었고 같이 여행 가자는 말도 못 꺼낼 나이여서 그저 간단한 인사를 나누고 말았다. 그렇게 인생 최초의 번호 받은 일은 그렇게 허무하게 끝이 났다.

안녕 살타!

볼리비아 수크레

Waska Wasi Jiujitsu, Sucre Bolivia

수크레 주짓수 체육관

볼리비아 수크레 주짓수를 검색해 보면, '브라질리언 주짓
수 도조(Brazilian jiujitsu Dojo, 주짓수 도장)'라고 있다. 여기는 기 주
짓수가 아닌 노기' 그래플링을 배우고, 기본적으로 무에타이,

*노기 : 도복을 입지 않고 하는 주짓수

킥복싱 위주의 MMA 체육관이었다. 멀뚱히 체육관 입구 앞에서 잠시 기다리고 있었는데 마침 끝나는 시간이라 사람들이 나오기 시작했다. 동양인 한 명이 체육관 주변을 서성이니 감사하게도 먼저 말 걸어 주는 친구가 있었다. 조금 얘기해 보니, 이곳은 기 주짓수는 안 하고 다른 관장님이 운영하는 곳을 알고 있다고 했다. 그래서 관장님의 번호를 받아서 연락했더니 주소와 시간을 알려 주셨다. 일찍 체육관에 도착해서 기다리고 있었는데, 관원들이 대부분 초등학생과 완전 아가들 그리고 성인 한 명으로, 나와 관장님 포함 성인은 세 명뿐이었다.

하나도 기대하지 않았던 체육관이었는데 생각보다 좋았다. 매트도 대회에서 쓰이는 제품을 쓰고 있다고 들었고 전반적으로 깔끔해 보였다. 그리고 대다수의 남미 체육관이 그렇지만 물은 항상 본인이 챙겨야 한다. 한국에서처럼 정수기가 있는 경우는 많지 않다. 간혹 정수기가 있는 곳도 있지만 현지인들이 섭취하는 물을 멋모르고 마셨다가 오히려 더 아플 수가 있다. 항상 도복, 마우스피스 그리고 물 한 병은 필수로 챙겨 다녀야 한다. 이곳에서는 안타깝게도 하루밖에 운동을 못 해봤다. 볼리비아 전체적으로 오루로 축제가 있어서 이 시즌에는 대부분 식당 문도 닫고, 영업하는 곳이 많이 없다고 한다. 이 체육관도 쉬는 기간이어서 수크레에 머무는 동안 이날 운동한 것이 전부였다.

주짓수 도복이 기본 10~20만 원대로 비싼 편이라 현지에서 운동하다 보면 도복이 낡거나 없이도 운동하는 친구들도 있다. 도복부터 체육관 관비까지 하면 남미에선 생각보다 비싼 운동 중 하나였다. 한 친구는 태권도복을 입고 있었는데 태극기가 가슴에 붙어 있었다. 태권도장은 생각보다 남미에서 흔히 볼 수 있었고, 태극기도 종종 마주칠 때가 있었다. 이날 운동이 끝나고 관장님과 한 친구랑 같이 시장에 가서 전통 빵과 음료를 먹었다. 별로 먹고 싶은 비주얼은 아니었지만 처음 본 나를 구경시켜 주겠다고 시장까지 왔기 때문에 맛있게 먹었다. 그리고 이렇게 현지인들이랑 다니면 좋은 것이 찐 로컬 시장 위치를 알 수 있다. 구글에 검색하면 보통 관광지 위주로 현지 시장은 안 나올 때가 많은데 이것도 주짓수를 한 덕분에 얻은 장점이다.

볼리비아 코차밤바

Amdes Jiujisteu, Cochabamba Bolivia

계획엔 전혀 없던 이곳은, 그저 주짓수를 하러 여기까지 왔다. 오게 된 이유는 간단하다. 파나마 체육관 관장님이 본인의 제자가 볼리비아에서 주짓수 체육관을 한다고 알려 주셨기 때문이다. 처음 찾아왔을 때 모리스 관장님이 추천해 줘서 왔다고 하니 격하게 환영해 주었고 내 사진을 찍어 관장님과 연락하기도 했다. 그래서 나도 파나마에서 운동했을 때 찍은 사진들을 보여 주며 대화를 이어갔다.

코차밤바 체육관 외부

일주일간 운동했던 대저택이다. 마치 영화 〈기생충〉의 부잣집을 연상케 하는 이곳이 운동했던 공간이다. 처음 들어올 때부터 여기가 맞는지 한참을 둘러보았다. 이렇게 넓은 외부 공간을 안 쓰고, 내부에 체육관만 쓰고 있는 게 아깝기도 하고, 그저 감탄만 하고 있었다. 나중에 알고 보니 여자친구 아버지가 이곳을 연회장으로 장소를 대여해 주는 사업을 하다가 현재는 안 하셔서 잠시 이용하고 있다고 했다. 이렇게 근사한 주짓수 체육관이 또 있을까. (참고로 현재는 다른 곳으로 이사했다)

이 체육관이 좋았던 이유 중 하나는 브루노(Bruno) 관장님은 시간을 칼같이 지킨다. 6시 정각이면 도복을 단정히 하고,

주짓수로 떠난 중남미 여행

인사를 한 뒤 준비운동을 시작한다. 이런 모습이 일반적인 남미 체육관 같지 않아서 오히려 멋있어 보였다. 혼자 여행하다 보니 운동 외의 시간은 특별히 하는 것이 없었다. 특히 방문했던 시기에 너무도 뜨거워서 낮에 돌아다니기 힘든 수준이었다.

그래서 낮에는 주로 숙소에 있거나 가까운 쇼핑몰에 가서 시간을 보내기도 했다. 관장님이 여기 있는 동안 같이 놀러 가보자고 해서 차를 얻어 타고 이곳저곳 구경도 같이했다. 관광지에 가서 스페인어 설명이 있으면 영어로 통역을 해주고, 일일이 설명해 주기도 했다. 그렇게 관광하다 보면 더운 날씨에 같이 아사이(Açaí)도 먹으러 다니고 그랬다. 이때 처음 알게 되었다. '주짓수 하면 아사이라며.' 한국에서는 흔하지 않아서 이런 이야기를 한 번도 못 들어봤다. 하지만 브라질에서는 흔하고 또 슈퍼푸드로 알려져서 주짓수 끝나고 먹는 게 하나의 문화로 자리 잡기도 했다.

UFC를 보기 위해 모인 친구들

UFC 285 존 존스와 시릴 간의 경기가 있는 날, 관장님이 저녁에 체육관 관원들이 모여 고기도 굽고, 맥주도 마시면서 UFC를 볼 예정인데 올 거냐고 물어봤다. 이렇게 주짓수를 통해 알게 된 친구들이 초대해 주면 되도록 가려고 했다. 그리고 이런 모습을 보면서 문화가 다르고 쓰는 언어도 다르지만 사람 사는 것은 큰 차이가 없다고 느껴진다. 초대해 준 것이 고마워서 맥주 한 묶음과 과자를 가지고 갔고 끝나고 설거지도 두 손 걷고 도왔다. 경기를 보면서 이런저런 얘기 하며 시간을 보냈다. 잠깐 왔다 가는데 이렇게 친하게 대해 줄 수 있을까 하는 마음이 들 만큼 감사했다. 건강히 지내다 보면 언젠가 다시 만나길 소망한다.

코치밤바 주짓수 체육관

주짓떼로의 기록

볼리비아, 아르헨티나 모두 아쉬움이 많이 남는 여행지 중 하나다. 특히 볼리비아는 유일하게 남미에서 비자를 요구하는 국가다. 만약 볼리비아에서 6개월 정도 무비자 연장해서 지낼 수 있었다면, 아마 코차밤바에서도 오래 지내지 않았을까 생각한다. 물가도 저렴하고, 그만큼 좋았던 동네다.

아르헨티나 또한 암환율 덕분에 조금 더 저렴하게 생활할 수 있다. 개인적으로 수도보다는 코르도바(Córdoba), 멘도사(Mendoza) 등의 도시가 오래 머물기 좋아 보였다.

짧게 머무는 동안에도 항상 체육관을 찾았고, 하루라도 운동하러 나갔다. 하지만 아르헨티나 도착 전부터 극심한 배탈로 인해 감히 운동할 엄두가 나질 않았다. 음식을 잘못 먹어 문제가 생긴 적은 여러 번 있었지만 이때가 가장 심했다. 이런 이유로 아르헨티나에서만 운동하지 못한 것이 아쉬움으로 남는다.

PART 3

낭만을
찾으러 가다

브라질, 페루

브라질 30시간 버스 타 봤어?

한국에선 경험해 볼 수 없는 시간

버스로 30시간(포즈 두 이과수 → 리우데자네이루)이라면 비행기를 타야 하는 거리다. 하지만 나처럼 시간은 많고 돈이 아쉬운 여행자에겐 버스는 좋은 대안이다. 남미 여행하면서 12시간, 16시간 정도의 버스는 타 본 적이 있으나 30시간은 처음이었다. 그렇지만 크게 부담스럽진 않았다. 넷플릭스를 보다가 피곤하면 잠들기를 반복하다 보면 금방 지나갈 테니까. 이 정도 시간과 거리를 이동하면 당연히 중간에 화장실 겸 식사를 위해 휴게소를 들를 것이라는 생각을 했다. 그러면 30시간 내내 버스에 있는 것도 아니어서 충분히 버틸 만하다. 하지만 변수가 하나 있었다. 에어컨을 가는 내내 틀어준다는 것이었다. 나중엔 너무 추워질 정도였는데 다들 당연하다는 듯 옷을 챙겨 입었다. 이전에도 경험해 본 적이 있어서 겉옷을 챙겼어야 했는데 짐칸에 두고 타버렸다. 결국 가는 동안 추위에 떨어야 했고, 도착해서는 감기에 걸렸다. 실내의 공기가 차갑고 건조하기 때문에 인공 눈물과 로션, 립밤이 절실히 필요했다.

스페인어로 바실란도(vacilando)라는 말이 있다. 목적지에 다다르는 것보다 목적지로 가는 과정이 더 중요한 여정이라는 뜻이다. 이처럼 비행기는 원하는 목적지에 바로 도착하지만 버스를 타면 현지 휴게소도 경험해 볼 수 있고, 차 안에서 바라보는 풍경도 볼 수 있었다. 그런 것이 내게는 여행의 의미가 더 크게 다가왔다. 그래서 비행시간이 1~2시간 내외인 곳은 웬만하면 버스를 이용하려고 했다. 항공권 구매는 날짜만 잘 맞추면 버스 가격과 크게 차이 나지 않는 때도 있었다. 하지만 2시간 먼저 공항에 도착해야 하고, 보통 시내와 떨어져 있는 점 등 여러 가지를 고려했을 때 나한테는 버스가 더 좋았다.

물론 버스는 그 나라에서 최대한 비싼 회사의 티켓을 산다. 볼리비아에서 처음 탔던 최악의 12시간을 생각하면 그 돈은 전혀 아깝지 않거니와 사실 그렇게 큰 차이가 나지 않는다. 이미 버스를 탄다는 것만 해도 충분히 돈을 아끼고 있다고 생각했기 때문에 그 정도 지출은 충분히 할 수 있었다. 페루에서 고급 버스 회사인 크루즈 델 수르(Cruz del Sur) 이용했는데 만족스러웠다. 가격이 높은 티켓은 현지인보다는 외국인 위주라 더 안전하다고 느껴지기도 했다.

버스에 탑승해서는 승객들이 다들 같은 음료를 마시고 있다는 걸 뒤늦게 알아차렸다. 처음엔 플라스틱병이 요구르트인 줄 알고 다들 같은 걸 사 먹나 보다 생각했는데 물이었다. 그래서 '이게 어딘가에서 무료로 제공되고 있구나.'를 눈치챘다. 버스 내부 구석구석 찾아보기 시작했다. 그러다가 2층 버스 맨 뒤에 냉장고같이 생기진 않았지만 여닫을 수 있는 작은 문을 찾았고, 열어 보니 시원한 물이 많이 있었다. 마치나 홀로 보물찾기를 한 기분이었다. 브라질에서 장거리 버스를 탄다면 한 번 찾아보는 걸 추천한다.

휴게소 식사는 항상 뷔페식인 게 신기했다. 먹고 싶은 음식을 담아서 무게를 재고 그 무게에 따라 가격이 책정된다. 보통 100g에 7.99~9.99헤알 사이에 가격이 형성되어 있었다. 대략 100g당 2,500원 수준인데 배고파서 양껏 담았다가

2만 원이 넘어서 깜짝 놀랐다. 그 이후로 무게가 잘 안 나가는 음식들 위주로 담았다. 뼈가 붙어 있는 돼지고기, 닭고기는 과감히 제외했다. 뼈 무게는 안 빼 주니까. 그리고 뷔페도 우리나라와 개념이 약간 다르다. 우리나라에서 뷔페는 일정 가격을 내면 원하는 만큼 음식을 담아서 먹을 수 있지만, 남미에서는 뷔페라고 해도 원하는 음식을 담고 그 음식의 무게에 따라서 가격이 결정된다. 이걸 볼리비아에서도 한 번 느꼈다. 양껏 담았는데 막상 결제할 땐 무게 단위로 결제해서 금액이 왕창 나왔던 적이 있다. 기분 좋게 담았다가 기분이 급 상했다. 이것저것 가득 담은 접시에 음식을 뺄 수도 없는 노릇이 아닌가.

예상 소요 시간은 27시간이었으나, 막상 도착해 보니 30시간이 걸렸다. 3시간이나 늦어진 이유 중 하나는 버스가 이동하면서 밥을 매끼 다 챙겨 먹었는데, 아침, 점심, 저녁밥을 한 끼도 거르지 않고 시간 되면 휴게소에 멈췄다. 그리고 생각보다 오래 쉬었다. 아마 이렇게 흘려보냈던 시간이 모여 늦게 도착하게 된 듯했다. 남미의 장점이자 단점이지만 다들 너무 여유롭다. 아주 나만 조급하다.

주짓떼로라면 한 번쯤, 브라질

주짓수의 본고장 브라질, 히우데자네이루에 오다

    남미는 어딜 가나 위험하다. 하지만 브라질은 특히 더 위험하다고 여행하면서 주변에서 많이들 이야기해 줬다. 그래서 사실 갈 생각이 없었으나 우연히 동행하는 형을 따라가게 되었다. 계획이 일절 없던 터라 계획이 있는 사람과 같이 다니면 규칙적이고, 혼자보다는 숙박하거나 교통비를 생각해도 둘이 더 저렴하다는 것도 장점이었다.

    여행하며 기념품을 거의 구매하지 않았다. 특별한 이유가 있는 것은 아니었고 그저 짐이 늘어나는 것이 싫었다. 그래서 여행 중에 꼭 필요하다고 생각되는 물건만 구입했는데 사실상 그렇게 필요하지 않았는데도 불구하고 기념으로 산 것이 주짓수 용품이었다. 평소 최소한의 물건을 가지고 있으려는 미니멀리즘을 추구해서 옷도 잘 안 사는 편이지만 이곳에 오니 모자도, 벨트도, 래시가드도, 티셔츠도, 도복도 하나씩 사고 싶었다.

다른 것들은 가격대가 조금 있는 편이어서 구경만 했고, 데라히바(de la riva) 반팔 티셔츠가 각각 100헤알(한화 약 27,000원)이어서 심사숙고 고르고 골라 2장을 샀다. 기념품 개념으로 몇 개 더 사도 됐었을 텐데 지금 생각하면 많이 아쉽다. 쇼핑을 즐겨하는 타입이 아니라 이런 데에 돈 쓰는 게 인색하다. 여행하며 나를 위해 구매한 기념품을 떠올리면 이 티셔츠 2장이 전부다. 사고 싶은 물건이 있기는 했지만 100% 내 마음에 드는 것이 없기도 했다. 이렇게 세계 여행하며 사 온 옷은 다른 기념품보다 실용적이기도 하고 옷장을 열 때마다 추억 보관소를 여는 기분이라 좋다.

브라질 리우 칼슨 그레이시 동상
(MESTRE DE JIU-JITSU CARLSON GRACIE)

숙소와 체육관을 오가던 코파카바나 역 근처에 칼슨 그레이시(Carlson Gracie) 동상이다. 브라질을 떠나기 전날 밤 왜 그랬는지 모르겠지만, 이 동상에 인사하고 가고 싶었다. 가끔은 이렇게 관광지도 아닌데 나에게 특별한 기억을 선물해 주는 장소가 있다. 여행하다 보면 계속 떠나야 한다. 그것이 여행이니까. 새로운 곳으로 나아가야 하는데, 그곳에 정이 들만하면 또는 적응될 때쯤 떠나기를 반복하니 이제는 아이러니하게 정착하고 싶다는 생각이 아마 이때부터 들었던 것 같다. 떠나기 전날이라 기분이 더 그랬는지도 모르겠다. 그래서 이 동상 앞에 서서 잠시 묵념을 하듯 고개를 숙이고 중얼

거렸다.

"감사합니다. 덕분에 한국에서부터 주짓수의 매력에 빠지게 되었고, 또 어쩌다 보니 지구 반대편인 브라질까지 와서 주짓수를 배우고 가게 되었네요.

기회가 된다면, 이곳에 다시 오고 싶어요. 올 수 있겠죠?

다음에 올 땐 더 강해져서 올게요. 히히."

Adeus!

안녕!

기다림이 일상인 나라

처음 여행을 시작했던 멕시코부터 느꼈다. 마트에서 사람이 아무리 많이 줄을 서고 있어도 누구 하나 조급해하지 않는다. 예를 들면, 마트에 직원이 세 명이 있다. 한 명은 계산대에서 손님들의 물건을 계산하고 나머지 두 명은 묵묵히 마트 진열대를 정리하는 등 본인들의 일을 먼저 한다. 갑자기 손님이 많이 몰릴 때는 계산대가 한 개가 아니라면, 급한 일부터 처리할 수도 있지만 그렇게 일하는 걸 여행하며 본 적이 없다. 다들 각자 주어진 일을 묵묵히 할 뿐이다.

대기하는 줄이 길어도 직원들은 느긋하다. 사람이 많을 때나 적을 때나 일 처리 속도는 변함이 없다. 자주 반복되는 이런 상황 속에서 문득 '이 공간에서 나만 스트레스를 받고 있다.'라는 생각이 들었다. 이곳의 시간은 굉장히 느슨하다. 그래서 마트에 가면 직원이 한 명 일하든, 두 명 일하든 오래 걸리는 것은 당연하다고 생각하는 것 같다. 시간에 대해 굉장히 여유롭다는 것은 한국인 관점에서 답답하게 느껴질 수 있으나 나만 스트레스를 받고 있다고 느껴지니 또 다른 시각으로 보게 되었다.

일요일 오후 5시면 문을 닫는 대형 마트와 헬스장은 신선한 충격이었다. 일요일 오후 느지막이 일어나 헬스장에 갔는데 조금 운동하고 나니 안내 방송으로 무언가를 공지했다. 이어폰을 꽂고 있어서 제대로 듣지는 못했는데 서서히 전등이 꺼지기 시작했다. 지나가는 직원에게 물어보니 곧 닫는다고 했다. 주말은 더 늦게까지 하는 줄 알았는데 오히려 반대였다. 주말 늦은 오후에 운동하러 올 수도, 장을 보러 갈 수도 있는데 이러면 '이용하는 사람들이 불편하지 않을까?', '사람들이 불만을 제기하지 않을까?' 하지만 그런 걱정, 불만은 모두 나에게만 있었나 보다.

이런 이야기를 현지인 친구들에게 해 보았지만 '그게 왜? 원래부터 그렇게 했어.'라는 답변이 돌아왔다. 일찍 마감하면

주짓수로 떠난 중남미 여행

일하는 직원들 모두 일요일 저녁을 가족과 함께할 수 있는 시간이 생긴다. 사회적으로 가족과 함께 있는 시간을 중요하게 생각하는 분위기가 형성되었기 때문에 그렇지 않을까. 그동안 한국에서 내가 편하기 위해, 다른 사람들의 감춰진 노동을 보지 못하고 있는 것은 아닐까 생각했다.

오늘 주문한 상품이 내일 아침에 도착하기 위해서 거치는 수많은 노동은 그저 편리함에 익숙해져 모르고 있었다. 24시간 편의점, 식당, 헬스장 등은 밤에도 환하게 불을 켜놓고 일하는 사람들이 있었기에 아무 때나 편하게 방문해도 되었다. 그렇게 보니 다들 여유로운 것이 이해가 되기도 했다. 일보다 가족이 먼저인 사회는 어쩌면 당연한 것이 아닐까. 그들의 시각으로는 오히려 우리나라가 어떻게 그렇게 일하는지, 가족보다 일이 우선인지 이상하게 보이지 않을까.

남미 하면 고산병이지

여행했던 곳 중 지대가 높은 도시를 떠올리면 세계에서 가장 높은 수도인 볼리비아 라파즈(평균 해발고도 3,600m)와 쿠스코(평균 해발고도 3,400m) 등이 있다. 사람에 따라 다르지만, 내 경우에는 대략 4,000m 위에 있으면 숨 쉬는 것이 조금 버겁게 느껴졌고, 특히 오르막을 걸을 때면 조금만 걸어도 숨이 찼다. 라파즈에 도착했을 때도 주짓수 체육관을 검색해 보았다. 시내와는 멀리 떨어져 있는 체육관 위치와 늦은 시간 숙소로 돌아올 교통을 생각하니 복잡했다. 게다가 고산병으로 문제가 생기면 감당할 수 없을 것 같아 운동할 생각이 감히 들지 않았던 동네였다.

고산병이 무엇인지 간단하게 말하면 '높은 지대로 올라갔을 때, 산소가 부족하여 발생하는 증상'이다. 산소 부족, 혈액순환 장애, 체온조절 장애, 근육통, 수면 장애 등이 나타날 수 있고, 가장 대표적인 특징은 두통이다. 높은 고도에 있다 보면, 충분한 산소를 공급받지 못해서 두통과 어지러움, 코피 등이 나타날 수 있다. 이러한 증상은 개인마다 다를 수 있고, 심한 경우 사망에까지 이를 수 있다고 한다. 고산병 증상이 심하게 나타날 때 가장 좋은 해결 방법은 바로 저지대로 내려와야 한다. 증상을 완화해 줄 약이나 산소 호흡기 등이 있지만 이는 임시방편일 뿐이고, 빠르게 고지대에서 저지대로 이동하는 것이 방법이다.

또한, 평소에 운동을 많이 하는 사람이라고 덜 걸리는 것이 아니며, 오히려 기초대사량이 높은 경우 산소 소비량이 많아 일반인보다 고산병에 걸릴 확률이 높아진다. 한국에서는 고산병을 느껴볼 일이 없기 때문에 중남미에 가서 알 수밖에 없다. 따라서 고지대를 여행하는데 많이 힘들다면 루트를 재설정해야 한다. 여행하며 고산병이 심한 사람들의 소식을 종종 들었다. 해발고도 3,600m인 우유니 사막에서도 증상이 심해 호텔 산소 호흡기를 이용하여 빠르게 저지대로 이동했다고 한다. 건강과 관련된 문제이기 때문에 고지대에 올라갔을 때

증상이 심한 것 같다고 느껴지면 바로 모든 일정을 제쳐 두고 저지대로 이동하는 것이 최선이다.

고산병이라는 것을 대략적으로만 알고 여행을 떠났고 크게 별걱정이 없었다. 다행히도 나에게 고산병이 그렇게 크게 다가오지 않았다. 3,000m 중반까지는 숨쉬기가 조금 어려운 면이 있었으나 그래도 고산병의 가장 큰 증세인 두통은 없었다.

페루 비니쿤카 가는 길

하지만 이런 게 고산병이라는 것을 느낀 곳이 있었다. 바로 페루 쿠스코에서 가볼 수 있는 비니쿤카(Cerro Colorado

Vinicunca), 7가지 색을 볼 수 있는 무지개 산이다. 산 입구부터 4,000m대로 시작하여, 정상은 5,036m였다. 정상에 다다르면서 점점 머리가 아프기 시작했다. 머리나 몸이 아플 때는 보통 참고 그냥 하는 편인데 처음 경험해 보는 고산병 증세에 당황이 되었다.

눈 덮인 비니쿤카 정상

'혼자 여행하는데 혹여나 산 정상에서 쓰러진다면 도와줄 사람이 있을까?' 하는 생각이 드니 덜컥 겁이 났다. 어렸을 때야 뭐든지 이를 악물고 하면 된다고 생각했다. 하지만 간혹 이를 악물고 참고 버티면 안 되는 것도 있었다. 그런 것 중 하나가 고산병이라는 생각이 들었다. 그래서 최대한 천천히 산을 오르기 시작했고 정상에서는 머리가 지끈지끈 아파졌다. 숨 쉬는 것을 의식하며 걸었고 걱정되었지만 다행히도 정상에 무사히 도착했다. 줄 서서 찍는 정상 포토존에서 얼른 몇 번 찍고 내려왔다. 기대했던 비니쿤카의 모습은 아니었지만 5,000m를 경험했다는 것에 의의를 두었다.

볼리비아 라파즈에 안데스산맥을 느껴 볼 수 있는 '와이나 포토시' 등반 투어도 있다. 산 정상은 해발고도 6,088m이며, 난이도가 쉬운 편(?)이고, 2박 3일 또는 1박 2일 코스로 가능하다고 한다. 설산을 오르는 것이라 마치 엄홍길 대장님처럼 장비도 대여할 수 있고 고산을 온몸으로 느낄 수 있는 체험이다. 안타깝게도 이 사실을 볼리비아를 떠나고 나서 알게 되었다. 나중에 볼리비아를 다시 가게 된다면 6,000m의 고산을 등반하며 제대로 경험해 보고 싶다. 죽기 전에 꼭 한번 해 볼 예정이다.

아빠는 슈퍼맨이야

마추픽추 길을 걸으며 한 생각

걷는 걸 좋아한다. 군대에 있을 때도 행군을 제일 좋아했다. 모두가 줄을 맞추어 걸을 때도, 걸으면서 혼자만의 사색을 할 수 있었다. 힘은 들었지만 오로지 내 생각에 집중할 수 있었던 유일한 시간이었다. 그래서 마추픽추를 오고 갈 때도 기차를 이용하지 않고 봉고차를 타고 이드로 엘렉트리까 (Hidro eléctrica)라는 곳까지 가서 그 이후로 편도 약 2~3시간을 걸어 다녔다. 이 방법으로 가장 저렴하게 마추픽추를 다녀올 수 있었고 굳이 기차를 타야 할 필요성을 못 느꼈다. 그래서 걷는 코스를 추가했다. 걸으면서 많은 생각을 할 수 있고 빠르게 지나칠 수 있는 이곳의 풍경도 천천히 음미할 수 있으니까.

마추픽추 투어를 하면 보통 열 명 내외의 여행객과 가이드 한 명이 한 팀이 되어 움직인다. 같이 여행하던 팀 중에 스페인에서 온 가족이 있었다. 엄마, 아빠 그리고 아이. 몇 살인지는 정확히 가늠이 안 되지만 아마 유치원생 정도 되는 것 같았다. 대략 6, 7살쯤?

아버지와 아들

　　스페인에서 온 이 가족들은 스페인에서부터 캠핑카를 가져와서 남미 여행한다. 아빠는 여행하며 온라인으로 필라테스를 가르치는 일을 한다고 했다. 엄마는 가족들의 큰 가방을 짊어지고, 아빠는 힘들어하는 아이를 위해 목말을 태우고 걸었다. 지친 상태에서 이런 돌길을 걷다 보면 종종 발이 삐끗

할 때가 있다. 그래서 더 조심해야 한다. 하지만 저 아빠의 발걸음은 혼자 걷는 나보다도 더 빨랐다. 아이는 목말을 탄 상태로 종종 졸기도 했다. 그만큼 아빠의 품이 편안했나 보다.

저 모습을 보면서 문득 어렸을 때의 기억이 스쳐 지나갔다. 등산을 좋아하시는 부모님을 따라 종종 산을 올랐다. 끝도 없어 보이는 길을 걷고 있노라면, 힘들고 걷기가 싫었다. 그래서 못 가겠다고 하면 아버지는 등을 내어주셨다. 그러면 나는 아버지 등에 매달려 편하게 올라갔고 내려올 때도 마찬가지였다. 구불구불하고 경사가 있는 길, 뛰어서 넘어야 하는 길 등등 혼자 걷기도 힘든 길을 아버지는 나를 업고 다녔다. 지금 기억해 보면 그렇게 점프하고 내리막을 혹여나 미끄러질까 봐 살살 내려올 때도 단 한 번도 떨어질 것이라는 생각을 안 해봤다. 나도 저 아이처럼 아빠를 100% 신뢰하고 있었다는 의미가 아닐까 한다. 실수로 발을 헛디뎌 넘어진다고 해도 아버지는 나를 보호할 것이라는 믿음을, 어렸지만 가지고 있었다.

같은 상황이라면, 나도 저렇게 할 수 있을까?
마치 슈퍼맨이라도 된 듯. 우리 아버지가 그러했듯.

아들에게 안정감과 든든한 믿음을 줄 수 있을까?

이에 대한 고민을 걷고 또 걸으며 생각했지만 잘 모르겠다. 아버지는 아무나 할 수 있는 게 아닌 것 같다.

저 무거운 가족들의 모든 짐을 짊어진 어머니와 아들을 목마에 태우고 걷는 아버지를 보며 나는 무슨 생각을 했을까. 그저 아무나 할 수 없는 일이라는 걸 간접적으로나마 느꼈던 것 같다.

지극히 주관적인 인종차별

그건 인종차별인 것 같아

굉장히 어렵고 무거운 주제인 인종차별에 관해 이야기를 최대한 가볍게, 경험에 빗대어서 해 볼까 한다. 약 1년간 중남미 10개국을 돌아다니며 느꼈던 것은 받아들이기 나름이라는 것이다. 어떠한 말과 행동이 인종차별로 보면 인종차별이 되고, 아니라고 생각하면 별거 아닐 수도 있다. 남미에 가면 가장 많이 듣는 말은 단연 치노 · 치나(Chino·China), '중국 사람'이라는 뜻이다. 그들의 눈에는 아시아 사람이면 전부 중국인이다. 마치 우리나라에 서양인이 있으면 미국에서 왔을 것으로 생각하는 것과 같다. 미국에서 스페인어를 사용하면 대개 멕시코 사람으로 본다. 엘살바도르, 온두라스, 베네수엘라 등등 여러 중남미 국가가 있는데 멕시코가 대다수를 차지하니 그렇게 보는 것이다.

다시 돌아와 우리나라 사람에게 중국인이라고 부르는 것을 생각하면, 이것을 인종차별로 볼 수 있을까? 크게 보면 그럴 수도 있다. 하지만 왜? '한국인이라는 사실을 알고도 중국인이라고 하는 경우'는 그럴 수도 있을 것 같다. 그렇지만 대다수의 경우, 그들은 내가 어디서 왔는지, 심지어는 한국이라는 나라에 대해 모를 수도 있다. 어떻게 모를 수 있나 싶지만 그런 경우는 많다. 그저 대부분은 외모만 보고 동양인처럼 생겼으니 "올라 치노! 꼬모 에스따스 치니또(Hola Chino! Cómo estás Chinito, 안녕 중국인)?"라고 하는 것이다. 이런 것들은 남미에 가기 전부터 알고 있던 것이고 그렇게 부를 것을 이미 알아서 크게 동요되지 않았다. 그러면 나는 한국인이라고 정정해 주지만 사실 그들은 나에게 큰 관심이 없다.

겪었던 일 중 기분이 나쁠 만한 것들은 주로 혼자 있고 그들은 단체로 있을 때였다. '일대다수'에서 그런 일이 발생할 확률이 압도적으로 높다. 더욱이 친구들과 함께 다닐 때 그런 일은 한 번도 발생하지 않았다.

Atleta	Birth	Escuela & Afiliación	Inscripción	
Mikhael Tapias Valencia 🇨🇴 Colombia		GRACIE COLOMBIA Renzo Gracie NY	White	Adult
Ji Chong Hun 🇨🇳 China		checkmat Colombia Checkmat	White	Adult
José Alejandro Correa ...		MMA Colombia	White	Adult
Miguel Alejandro Varga...		Colombia Academy Pedro Sauer Team	White	Adult

중국 국기를 달고 출전한 시합

이 사례도 굉장히 어이없는 일 중 하나다. 처음 주짓수 대회를 신청할 때, "나는 한국에서 온 '지(Ji)'라고 해. 주짓수 대회에 참가하려고 신청서를 넣는다. ~"라고 적어서 보냈는데 나중에 보니 이름 옆엔 중국 국기가 붙어 있었다. 이에 대해 몇 번이고 수정을 요청했으나 이미 대진표가 다 나온 상태라 수정할 수 없다는 말만 되풀이했다. 중국의 'C'도 꺼낸 적 없었으나 나는 어느새 중국인이 되어 있었다. 한 가지 더 이야기하자면, 사진 속 내 아래 두 명의 친구들처럼 국적을 굳이 넣지 않아도 됐었다. 안 넣어도 되는 걸 굳이 중국이라고 넣은 이유가 뭘까? 이렇듯 인종차별은 사실 공공연하게 많이 행해지는데 개인적으로 큰 의미 부여를 하지 않으려 노력했다.

중국인이라고 부르는 것까지는 괜찮지만, 또 여기서 기출변형이 있다. 바로 "니하오."라고 인사하는 것이다. 그들로서는 나름[?] 친근감의 표시로 상대 국가의 인사를 해 주는 것이라 생각할 수도 있지만 내 기준에서는 조금 이해하기 어렵다. 대형 쇼핑몰을 돌아다니면 많이 들을 수 있는데 못 들은 척 무시하고 유유히 지나간다.

그리고 또 다른 것은 "칭챙총"인데 이것도 어느 한 다이소 매장에 들어가서 구경하던 중 내 옆에 있던 여성 두 명이 나를 보곤 자기들끼리 웃으며 들리게 떠들었다. 그럴 땐 그 자리를 피하면 된다. 이러한 일들이 사실 종종 일어나지만 대다수가 아니다. 주로 노숙자들, 길거리 부랑자, 취객들이 그렇게 행동하는데 그런 건 기분이 상할 수 있으나 위협하는 정도가 아니라면 그렇게 큰 문제가 될 것은 아니다. 대인배처럼 그냥 넘어가면 된다. 거기서 싸우거나 법적인 문제가 발생하면 외국인인 나는 더 큰 곤경에 처할 수 있다.

사실 크게 인종차별이라고 생각하지 않았던 것들을 미국이나 유럽에서 온 친구들과 이야기를 하다 보면, "그건 인종차별인 것 같아."라고 할 때가 있다. 아마 차별에 민감한 나라라서 그런 게 아닐까 한다. 별생각 없이 지나쳐 갔던 일 중에 그런 일들이 몇 번 있었으나 기분이 별로 나쁘지 않아서 크게 상관은 없었다. 어쩌면 '본인과는 다른 인종, 국적 등을 보고 포용하기보다는 거리를 두는 것은 인간 본성이 아닐까?' 한다.

브라질 리우데자네이루 1편

Saporito JiuJitsu, Rio de Janeiro Brazil

브라질 리우 주짓수 체육관

코스타리카 주짓수 체육관에서 만났던 브라질 출신의 친
구는 내게 절대 혼자 브라질 여행하지 말라고 당부했다. 여행객들은 잘 모르는 파벨라(Favela)* 구역에 진입하면 위험한 일을 당할 수 있다는 경고도 했다.

남미를 여행하면서 주짓수의 본고장인 브라질을 빼놓을 수 없었다. 아르헨티나까지 와서 브라질에 가지 않는 것은 나중에 후회가 남을 것이라 생각했다. 더욱이 스페인어권의 나라만 다니다가 포르투갈어를 사용하는 나라를 방문하는 것도 재미있어 보였다. 두 언어의 호환성이 높다고 들어서 스페인어만 사용해도 알아들을 수 있는지도 궁금했다. 그리고 브라질에서 주짓수를 한다는 것은 꽤 멋있고, 꿈만 같은 일이었다. 그래서 혼자라면 오지 못했을 곳이지만, 동행하던 형을 따라 이렇게 또 우연이 나를 브라질로 인도했다.

브라질 리우에서 가장 가보고 싶었던 곳은 데라히바 도장 (Escola Delariva de Jiu-Jitsu)이었다. 하지만 열흘 운동하는데 약 20만 원이 넘는 금액이었다. 열흘 운동하는데 이 가격이면 너무 부담스러웠다. 그래서 다른 곳을 찾아보는데 다들 비슷하게 비싼 금액이었다. 1일 치는 100~200헤알로 한화 약 2만 5천 원~5만 원 정도 했고, 그나마 저렴한 곳은 2주 정도

*파벨라: 브라질의 빈민가를 말하며, 작은 도시는 물론 대도시에도 흔하다.

등록하면 15만 원으로 해 주겠다고 했다.

브라질에서 만난 현지인 친구한테 물어보니 아마 외국인들한테 받는 가격인 것 같다고 했다. 리우는 브라질 인당 GDP에 비하면 어마어마하게 비싼 동네였다. 체육관비도 그랬지만, 물가나 식비, 숙소 등 상당했다. 아마 세계적으로 유명한 바다가 있어서 그렇지 않을까 한다. 더 오래 머물고 싶었지만 가벼운 주머니 사정으로 인해 오래 지내진 못했다. 나중에 다시 가고 싶은 곳을 꼽으라면, 브라질이 떠오른다. 2주만 머무르기에 너무 아쉬운 동네라고 생각한다.

유명 체육관보다는 상대적으로 조금 저렴한 체육관을 한 곳 연락해서 방문했다. 신기하게 이곳은 관장님이 설명할 때마다 휴대폰으로 영상을 찍고 있었다. 아마 홍보용으로 찍는 것 같았다. 처음 보는 광경에 분위기는 적응이 안 되었고 혹여나 다른 소리가 녹음될까 나도 모르게 숨죽이고 보게 되었다. 그래서 이곳은 하루만 나가서 운동하고 다른 곳을 찾아보았다.

브라질 리우에는 거의 모든 두 블록마다 주짓수 체육관이 있어서 걸어 다니다 보면 체육관을 고를 수 있는 선택지는 많았다. 이곳에서 블랙벨트인 할아버지와 스파링을 해보았는데 힘이 장난 아니었다. 스파링 중에도 존경심이 절로 생겼고, '과연 나이를 들어서도 이 운동을 할 수 있을까.' 하는 생각이 들었다. 이러한 투기 종목은 타고난 신체 능력을 무시할 수 없지만, 보통 사람들도 노력하면 일정 레벨까지는 도달할 수 있다고 생각한다. 몸이 따라 준다면 할아버지가 되어서도 주짓수를 하고 싶다.

브라질 리우데자네이루 2편

Ares BJJ, Rio de Janeiro Brazil

브라질 리우 주짓수 체육관

브라질은 포르투갈어를 사용한다. 짧은 스페인어와 영어를 구사하는 나로서는 상대방이 영어를 하지 못하면 거의 대화가 통하지 않았지만 이곳에서 들었던 말이 있다.

"I don't know English but we speak Jiu-jitsu."

(우리는 주짓수로 말한다.)

이 말이 그냥 엄청나게 멋있었다. 아직도 그 표정과 분위기가 생생하게 기억이 난다. 이 말을 듣고 잠시 입을 다물지 못했다. '내가… 브라질에 왔구나…!' 이곳에서 우린 서로 몸으로 주짓수로 이야기할 수 있었으니 언어 따위는 문제가 될 리 없다. 남미에서 주짓수를 하고 왔다고 하면 종종 듣는 질문이 있다. "남미 친구들은 더 세지 않아?", "거기 사람들은 덩치가 더 크잖아?"라고 물어본다면 맞기도 하지만 개인적으로 아니라고 대답하고 싶다.

물론 같은 벨트, 같은 체급에서 브라질 사람이라면 더 두려운 건 사실이다. 피지컬의 차이만 놓고 본다면 그 차이는 확실히 있는 것 같다. 탄력이나 골격, 타고난 근력 등은 내가 느끼기엔 조금 벽처럼 다가왔을 때도 있었다. 하지만 그건 취미로 하는 내 경우이고 우리나라 프로 주짓수 선수들이 해외에 나가서 따오는 메달만 보아도 상위 레벨에서는 그 간격이 더 적지 않을까 한다. 그리고 그런 차이가 없다고 믿고 싶다.

이곳을 떠난 이후, 주짓수 대회 영상을 찾아보다가 낯익은 얼굴이 있어서 다시 보니 이 체육관 앨런 모라에스(Alan Moraes) 관장님이었다. 세계 주짓수 대회에서 정장을 입고 심판을 보고 있는 모습을 보니 신기했다. 원래 이쪽에서 유명하신 분이었나 보다. 그리고 브라질에는 블랙벨트가 생각보다 많아서 놀라웠다. 관장님 이외에도 블랙벨트 관원들, 여성 블랙벨트를 여럿 보았는데 이것 또한 신기하게 느껴졌다. 이곳에서 운동하면서 문득 그런 생각을 했다. 브라질에서 태어났다면, '나도 저들처럼 어렸을 때부터 태권도가 아닌 주짓수를 배우지 않을까?' 혹은 '이른 나이에 블랙벨트를 허리에 감고 있을 수 있었을까?'라는 생각을 잠시 했다. 하지만 브라질의 현실적인 면을 보면 그래도 한국에서 태어난 것에 감사했다.

페루 쿠스코

Evolution Fitness GYM, Cusco Peru

페루 쿠스코 체육관

쿠스코는 과거 잉카제국의 수도로, 세계문화유산으로 보존이 되고 있어 시간이 멈춘 것 같다는 생각이 드는 곳이다. 고산지대의 특징인 일교차가 커서 아침, 저녁으로 기온이 많이 떨어지고 계단을 오를 때마다 숨이 찬다는 단점이 있다. 하지만 훌륭한 한식당들이 있어 오래 머무르기에 나쁘지 않은 곳이다. 남미 여행하는데 마추픽추는 꼭 보러 가야 하니 쿠스코는 필수적으로 거쳐 가는 곳임이 틀림없다. 쿠스코에 도착하기 전, 미리 구글에 주짓수 체육관을 검색해 보았는데 보통 관광객들이 머무는 아르마스 광장(Plaza de Armas) 주변과는 굉장히 멀리 떨어져 있었다.

그래서 거의 포기하고 있던 찰나에 에어비앤비 호스트에게 이런 이야기를 했다. '운동하고 싶은데 근처에 원하는 체육관이 없다.'라고 했더니 그런 것들을 배울 수 있는 곳이 있다며 같이 가 보자고 했다. 주짓수 도장은 아무리 검색해도 나오질 않아서 주변에 있을 것 같지는 않지만 일단 따라나섰다. 숙소에서 1분 거리의 헬스장에 들어가서 전단을 구경하는데 놀랍게도 주짓수가 쓰여 있었다. 주짓수 이외에도 무에타이, 카포에라, 복싱, 크라브마가 등 믿을 수 없는 다양한 투기 종목들이 있었다. '과연 이걸 모든 걸 다 가르칠 수 있는 관장이 있을까?', '여러 명의 관장이 있는 걸까?' 의문스러웠다.

이 체육관 구조는 1층은 헬스장이고, 2층은 투기 종목을 배울 수 있는 곳이었다. 헬스장 사장님께 물어보니 주짓수를 배울 수 있다고 했다. 수업 시간과 궁금한 사항들을 물어보고는 일단 일주일 치를 결제한다고 했다. 가격은 20솔(1솔당 대략 360원) 일주일에 7,200원인 셈이다. 아마 한 달 단위로 결제했으면 80솔보다 더 저렴했을 테니, 믿기지 않는 가격이었지만 놀라지 않은 척 20솔을 내고 일주일을 등록했다. 고작 며칠 전 브라질 리우에서는 일주일에 10만 원가량 내고 다녔던 걸 생각하면 물가가 1/10도 되질 않았다. 물론 퀄리티도 그만큼 떨어졌다.

첫날 준비운동을 할 때, 가볍게 매트 위를 원을 그리며 뛰라고 하셨다. 그래서 천천히 뛰는데 이 좁은 체육관을 두 바퀴가 넘어가니 숨이 잘 쉬어지지 않았다. 경험하지 않고서는 믿기 힘들 수도 있다. 거리로 치면 대략 50m를 천천히 뛰었는데 숨이 차서 더 뛸 수가 없는 상황이다. 쿠스코는 해발 3,400m에 있다. 한라산 정상이 1,950m라고 하니 그 꼭대기보다 1,450m 더 높은 곳에서 뛰는 셈이다. 이곳에서 적응되기 전까지는 계단만 올라도 숨이 차서 쉬었다가 가야 하고 오르막길을 잠깐 걸어도 호흡이 거칠어진다.

하지만 그것도 나름대로 산소가 희박한 곳에서 운동하니 더 훈련되리라 생각하고 열심히 뛰었다. 이곳에서 총 4번의 수업을 받았는데 1번의 노기 주짓수 수업과 3번의 복싱 수업을 들었다. 지루한 잽, 스트레이트 자세 연습과 줄넘기만 1시간 내내 했지만 처음 배우니 재미있었다. 쿠스코를 방문했을 때가 마침 부활절 기간이어서 금요일엔 대부분의 식당과 마트, 체육관 등이 문을 닫았다. 마지막 날 관장님은 연락도 안 되고, 수업 시간에도 오지 않았다. 그렇게 추천할 만한 체육관은 아니다. 쿠스코 시내 이외의 지역에 주짓수 도장이 있으니 거길 찾아간다면 모를까 시내권에는 없는 듯했다.

페루 리마

Balance Jiujitsu Academy-Ares BJJ, Miraflores Perú

페루 리마 주짓수 체육관

 브라질 리우데자네이루에서 운동했던 아레스 주짓수(Ares
BJJ) 체육관 관장님께 페루 리마에 가는데 추천해 줄 체육관
이 있는지 물어보니, 이곳 리마 관장님 연락처를 받았다. 위
치가 리마 미라플로레스(Miraflores)에 있어서 숙소도 근처로
예약했다. 밸런스 아카데미(Balance academy)의 주짓수 수업은

새벽 6시와 저녁 8시 타임으로 나누어져 있고 이외의 시간에는 무에타이, 복싱 등의 수업 시간이 있다. 리마에서 특별히 가고 싶은 곳이 없기도 하고 긴 여행의 피로감과 개인적인 일이 겹쳐 잠시 쉼표가 필요한 시기였다. 그래서 관광보다는 낮에 숙소 주변을 산책하고 저녁엔 운동했다.

수업이 끝나면 가는 방향이 같아 관장님과 걸으며 이런저런 이야기를 하던 중 관장님이 "나도 네가 오면 영어를 쓸 수 있고 재밌어."라고 말해 주었는데, 그 대답은 조금 감동이었다. 짧은 시간이었지만 이런 사소한 것들이 마치 어제 일처럼 생생하고 아직도 그리운 곳 중 하나다. 어차피 금방 떠날 친구, 잘 대해 주지 않을 수도 있는데 관장님은 외모도 멋있었고 젠틀하다는 표현이 어울리는 사람이었다.

운동하면서 본인의 노하우를 잘 설명해 주고 스파링하면서 부족한 부분이 있으면 지속적으로 디테일한 부분에 대해 알려 주었다. 주짓수 여행하면서 한 가지 느꼈던 것은 '내가 사람 복을 타고났나?' 싶을 정도로 모두가 나에게 친절하고, '좋은 친구들'이었다. 이곳에 있을 때, 체코에서 리마로 장기 출장을 온 친구가 있었다. 이 친구는 노기 주짓수를 더 좋아

해서 노기 수업 때만 얼굴을 볼 수 있었다. 이 체육관에서 이 방인이었던 나와 체코 친구는 원래 그러하듯 쉬고 있는 사람에게 먼저 다가가 스파링을 하자고 제안했던 적이 있다. 보통 내 경우(화이트벨트)에는 관장님이 지정해 주는 사람과 스파링 할 때가 많아서 기다리는 편이지만 이 친구는 먼저 다가가 손을 내미는 편이었다.

나중에 끝나고 관장님이 말해 주었는데, '이곳에서는 스파링 제안을 아랫급의 벨트가 상급 벨트인 사람에게 먼저 제안을 하는 것은 안 된다.'라며, 한국에서도 이렇게 벨트 상관없이 스파링했는지 물어보았다. '보통 수업 중에는 관장님이 정해 주시는 대로 스파링을 했고, 자유 스파링을 할 때면 벨트 상관없이 운동했었다.'라고 대답을 했다. '아무리 생각해도 한국에서 운동하면서 상급자에게 스파링을 먼저 제안하면 안 된다.'라는 것은 배운 적이 없었다. 남미 여행하며 처음 듣는 말이었지만, 이 체육관만의 규칙이었다.

사진을 찍을 때도 사람이 적으면 한 줄로 나란히 서지만 많은 경우에는 벨트 순서로 차례차례 뒤로 이동한다. 그래서 앞에는 유색 벨트가, 뒤에는 화이트벨트가 서 있는 구도가 완성된다. 이곳에서는 나이보다 벨트가 우선이었다. 아마 이 체육관만의 전통(?)인 것 같았다. 해외라고 다 격이 없이 편하게 하는 건 아니고 보수적인 곳도 분명 존재했다. 일주일간 운동하고 떠나기 전날 음료수를 사 들고 방문했다. 대개 열 명 내외의 관원들이 나와서 모자라면 안 되니 12개의 차가운 음료수를 사서 낑낑대며 안고 갔다. 하필 마지막 날에 인원이 관장님 포함 세 명밖에 없었다. 그래도 그 친구들과 마지막 인사를 하며, 관장님께 이런 말을 전했다.

"이곳에서 정말 좋은 시간을 보냈고
주짓수 수업, 그 이상의 값어치를
얻은 것 같아 정말 감사합니다.
다음에 꼭 다시 놀러 올게요."

주짓떼로의 기록

브라질의 리우의 해변은 남미의 화끈한 형, 누나들이 모두 모여 있는 곳이었다. 영화에서 보던 그런 장면이 눈앞에 펼쳐졌다. 전 세계 여행객들이 오는 곳이지만 치안은 조금 많이 주의할 필요가 있다. 그리고 페루의 와라즈(Huaraz)를 못 가 본 것이 아쉬움이 많이 남는다. 그때 당시에는 더 여행하고 싶지 않았기에, 리마를 거쳐 바로 메데진으로 이동했지만 '가 볼걸.'하는 후회가 남았다. 하지만 나중에 또 기회는 있을 거다. 여행지에서 모든 곳을 다 가지 않는 편이다.

하나쯤은 남겨놓는 것이 다시 올 이유를 만들어주기 때문이다.

또한 마추픽추(Machu Picchu)는 사진에서 보는 그 모습 그대로였다. 가끔 가 보지 않고 사진으로만 봐도 충분하다는 말을 할 때가 있는데, 이곳은 꼭 한 번 직접 봐야 한다. 그 웅장함을 고작 사진 한 장에 담지 못한다.

PART 4

우리 모두 이상
하나씩은 갖고 있잖아?

콜롬비아

콜롬비아를 선택한 이유

6개월 살기 좋은 나라, 좋은 도시는 어디일까?

여행을 시작하고, 약 5달이 지났을 즈음 개인적인 이유도 있었고 여행이 일상이 되어가는 기분이 들었다. 떠나고 싶어서 큰 결심하고 지구 반대편인 남미까지 와서 정착하고 싶어지는 마음이 아이러니했다. 계획은 출발 전부터 틀어졌고, 몇 가지 이유로 인해 본래 하고 싶었던 도시별로 한 달을 살아보자는 이 계획도 틀어졌다. 그래서 그저 하고 싶은 대로, 가고 싶은 대로 루트도 비효율적으로 다녔다.

그렇게 몇 달을 가보고 싶은 곳, 하고 싶은 것, 먹고 싶은 것들을 하다 보니 처음에는 즐거웠지만 점점 익숙해지는 기분이었다. 특히 체육관에서 운동을 잠깐씩 하면서 친해진 친구들과 헤어지는 건 처음부터 어려웠다. 조금 친해질 만하면 떠나기를 몇 번 반복하다 보니 우울했다. 헤어짐은 적응이 안 되었고, 이제는 헤어지고 싶지 않아서 길게 오래 있을 수 있는 나라를 찾아봤다.

체류할 수 있는 무비자 기간과 물가, 치안 등 여러 가지를 고려했을 때 결론은 콜롬비아였다. 페루에서 여행하고 있을 때, 여행이 약 6개월쯤 되었었다. 아직 가보지 않은 나라가 남미에서 칠레, 에콰도르, 콜롬비아였다. 페루에서 모두 가까운 세 나라였지만 칠레는 최근 산티아고는 치안이 나빠졌고 물가가 한국보다 비싸다는 이야기를 듣고 제외했고, 에콰도르도 비슷한 이유였다. 그리고 넷플릭스에서 재밌게 본 〈나르코스〉 시리즈를 보면 콜롬비아는 꼭 한 번 다녀와야 했다.

그래서 콜롬비아를 선택하고, 페루 주짓수 체육관에서 콜롬비아를 가려고 하는데 어디가 좋은지 친구들한테 물어보았다. 한 친구는 메데진에서 약 1년간 지내고 왔는데 좋았다며, 체육관 한 곳을 소개해 주었다. 도장을 추천받아 다니는 이런 것이 참 좋다. 새로운 곳에 가서 관장님한테 한마디라도 말을 더 붙일 수 있는 좋은 이야깃거리가 된다. 돌이켜보면 콜롬비아에서 6개월 지내기로 한 선택은 아주 만족스러웠다. 그리고 콜롬비아는 남미 다른 나라들에 비해 약간 더 저렴한 물가, 치안은 사실 여태껏 여행해 온 다른 나라들과 비슷해 보였다. 각종 사건·사고 등이 들려왔지만 스스로 더 주의하면 된다고 생각했다.

외국에서 아프면 서럽다던데

> 다치는 게 일상

　운동하면서 종종 관절이나 인대를 다치고 회복하기를 반복한다. 한국에서야 바로 병원 가면 되지만 이 낯선 지구 반대편에서는 병원 예약하기도 어렵다. 콜롬비아 현지인들은 보통 아프면 약국에 가서 해결한다는 얘기를 들었다. 병원 갈 돈이 없는 사람들이 주로 약사에게 증상을 말하고, 약국에서 처방을 받아서 치료한다고 한다.

　그리고 병원에 가지 않고, 집으로 의사를 불러서 케어해주는 서비스도 있다고 들었는데 그런 건 개인적으로 별로 믿음이 가질 않아서 알아보지 않았다. 그래서 일단 약국에 가서 무릎이 아프다고 말하고 나프록센 타입의 진통제를 달라고 요청했다. 진통제도 많이 복용하다 보니 성분명까지 외우

주짓수로 떠난 중남미 여행

고 다닌다. 진통제로 며칠을 버티다가 도저히 나을 기미가
보이질 않아 아픈 다리를 끌고 가까운 병원 이곳저곳 다 가
보았다.

관장님의 추천 병원

한 곳은 관장님 추천으로 가 본 곳이었는데 일반 병원은
아니고 작은 사무실 같은 곳에서 의료행위를 하는 것 같았
다. 처음 들어왔을 때, 입구에 각종 자격증 비슷한 것들을 프
린트해 놓은 것을 보니 의사 면허(?)는 있는 것 같았다. 자세
히는 모르지만, 책상 위에 귀 모양과 사람 모형이 있는 것으
로 보아 한의학과 비슷해 보였다. 의사 선생님이 주사기를
꺼내 보여 주기도 하고, 피를 뽑아 검사한다는 등 이야기를

해서 잠시 고민하다가 주사 치료 말고 다른 걸 해 보겠다고 했다.

혹여나 이곳에서는 합법인 약물이 나중에 한국에 돌아가서 문제가 될 일말의 가능성이 걱정되어 주사는 안 맞겠다고 했다. 그래서 다른 방법인 세라젬 의료기기에 누워 다리 마사지를 받고 이후에 도수 치료도 받고 왔다. 약 1시간 반 동안 진행되었고, 가격은 한화 약 47,000원 수준이었다. 보험도 적용이 안 되니 비싸게 느껴졌다. 한국에서 부담 없이 병원 다니는 게 행복했다는 걸 다시 한번 알게 되었다. 또한 의사 선생님이 세라젬 의료기기를 가리키며 한국에서 온 거라고 말해주기도 했다.

치료를 받고도 무릎의 통증이 점점 심해져서 현지인 친구들을 통해 좋다는 병원, 대형 병원 등 알아보는데 보통 대기 기간만 최소 2주라고 했다. 의사를 만나려면 2주가 걸리고 아마 치료 기간은 훨씬 더 걸릴 것이다. 정형외과를 찾는 걸 거의 포기하고 있던 찰나에, 마지막으로 우연히 블로그를 통해 알게 된 한국분에게 여쭈어봤다. 정형외과를 가야 하는데 예약 기다리는 것도 너무 오래 걸리고 더 찾지 못하겠다고 하니 근처 병원을 알려 주었다. 게다가 점심시간 이전에 방문하면 당일 진료도 가능할 것이라고 했다.

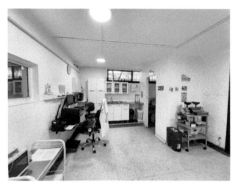

콜롬비아 메데진 정형외과

정말 불행 중 다행이 아닐 수 없다. 물론 대기시간은 상당했지만 접수 당일 의사를 만날 수 있다는 것만으로도 행복이었다. 중남미 여행하면서 종종 그런 이야기를 들었다. 간혹 의사 선생님들이 영어를 할 줄 모른다고. 그 말을 사실 경험해 보기 전까지 믿지 않았다. '의사 선생님이 영어를 못한다고? 그럴 리가 있나!' 하지만 그럴 수도 있다. 중남미 여행하면서 느끼는 것이지만 여기는 알고 있던 상식과 한국에서 당연하던 것들이 당연하지 않다. 한국에서 은행을 방문해서 소액을 인출하려고 할 때, 현금이 없다는 은행을 들어 본 적이나 있을까? 여행하면서 '은행에 돈이 없을 수도 있구나.'를 처음 알게 되었다.

　오랜 기다림 끝에 의사 선생님을 만났고 다행히 어느 정도 영어로 의사소통할 수 있었다. 증상을 설명하고 가벼운 농담과 메데진에서 뭐 하는지 등 대화를 주고받았다. 진료가 끝나고 총 10만 원이 나왔다. 진료비 청구 내역서를 보니 엑스레이 촬영이 7만 원이고 진료비가 3만 원이었다. 굉장했다. '우리나라에서 보험 적용이 안 되더라도 7만 원은 안 나올 것 같다.'라는 생각을 잠시 했지만 여기서는 돈이 중요한 것이 아니었다. 의사와 대면하고 진료받을 수 있다는 것만 해도 감사한 일이었다.

이기거나 배우거나

주짓수를 하면서 대회를 나갈 기회는 매우 많았다. 하지만 '아직 대회에 출전하기에 부족한 실력이어서', '준비할 시간이 많지 않아서', '다칠까 봐 겁이 나서', '큰 실력 차로 질 것 같아서' 등등 스스로 안 해야 하는 이유를 계속 찾았었다. 그러던 중 콜롬비아에 도착해 며칠 지나지 않아 주짓수 대회가 한 달 반 후에 있다는 걸 알게 되었다.

대회를 나갈 생각을 해본 적이 없던 터라 망설이고 있었으나 문득 그런 생각이 들었다. '콜롬비아 메데진에 또다시 올 수 있을까? 이곳에서 대회에 참가하는 것만으로도 좋은 경험이 되지 않을까?' 그리고 곧 대회에 출전하겠다고 결심했다. 남들이 보기에 그리 대단하지 않은 결심일 수 있으나, 대회에 전혀 관심 없이 취미로 운동한다고 생각했던 나에겐 커다란 도전이었다.

처음 계체를 준비하다 보니 한 가지 착각했던 것이 있었다. (대회마다 규정이 다르지만) 이 대회는 몸무게를 도복을 입은 채로 잰다는 것이었다. 일반적으로 도복 무게를 약 1~1.5kg으로 계산한다. 가지고 있던 도복은 특히 더 무거운 편이었고 도복 무게를 제외한 체중인 줄 알고 있었다.

하지만 계체 전날 도복을 입고 무게를 재보니 약 1.3kg을 초과했었다. 체중계가 따로 없어서 그냥 감으로 이 정도면 되었겠지 했는데 큰 오산이었다.

몸무게가 초과되면 대회에 참가할 수도 없고 대회 당일 아침에 몸무게를 급격하게 빼고 시합에 나갈 수도 없는 상황이었다. 따라서 당장 할 수 있는 것은 굶는 것이었다. 대회 이틀 전 약 24시간 동안 금식을 했고 물을 최소한으로 마셨다. 계체장에 가기 전, 몸무게를 재러 다니던 헬스장에 가서 확인해 보니 웬걸 또 예상보다 더 많이 빠졌다. 아마도 체육관에서 재었던 몸무게가 정확하지 않고 조금 더 많이 나오는 것 같았다. 그래도 혹시 몰라 관장님께 계체할 때 입을 가벼

주짓수로 떠난 중남미 여행

운 도복을 빌려달라고 요청했다. 다행히 관장님이 빌려주셨고, 계체장에서는 도복을 입고도 1.5kg 나 더 적은 무게로 계체에 통과하게 되었다.

대회 당일, 아침부터 긴장이 되어서 밥도 제대로 먹지 못하고 시합장으로 이동했다. 내 시합은 오후 늦게 있었지만 체육관 친구들의 경기가 오전 중에 있어 일찍 와서 현장 분위기를 구경했다. 몸을 풀면서 서서히 이 분위기에 적응하려고 노력했다. 친구들 경기를 보며 응원하고, 사진을 찍어 주고, 계속 바뀌는 시합 시간을 확인했다. 머릿속은 복잡하고, 마음은 요동쳤다. 그렇게 시작한 나의 주짓수 첫 시합, 무릎이 아파 양쪽 무릎 보호대를 차고 계체에 무관심해서 전날 무리하게 금식했던 것, 마인드 세팅이 제대로 되지 않은 것 등 부족한 면이 너무 많았다.

서로 주먹을 맞대고 상대방의 깃을 잡은 순간 꿈을 꾸는 듯했고, 힘이 전혀 들어가질 않았다. 첫 시합인데도 몸은 무거웠고 그렇게 계속 끌려다니다가 결국 점수는 2-2, 어드밴티지 2-1로 졌다. 싱글 엘리미네이션(single elimination) 방식이어서 한 번 지면 경기는 더 없었다. 체육관에서 스파링을 많이 해

보았지만 이렇게 5분이 지나고 힘들었던 적은 결코 없었다.

후회와 핑계만 가득했던 첫 시합이 끝나자 결과는 좋지 못했지만 그래도 도전은 해 보았다는 생각이 들었다. 준비하는 과정에서의 내 모습은 취미로 운동하던 모습과는 사뭇 달랐다. 게임 플랜을 짜야 했고, 어떤 동작을 하든지 정확하게 구사할 줄 알아야 했다. 그래서 관장님께 질문하는 시간이 늘었다. 그저 하루 운동을 마치는 게 다였던 내 일상에, 시합을 준비하며 더욱 꼼꼼하게 배우기 시작했고 열정이 생겼다.

『UFC 영원한 여제, 론다 로우지』의 책에 보면 이런 말이 나온다. '심판이 언제나 유리한 판정을 내려주지는 않는다. 승리를 부정할 수 없도록 만들어야 한다. 최악의 날에 최고의 경기를 펼칠 수 있어야 한다.' 누구나 좋은 컨디션에는 잘할 수 있다. 하지만 좋지 않을 때도 좋은 결과를 낼 수 있어야 한다. 그것이 실력이고, 자신의 한계를 뛰어넘는 일이다.

경기 중 두 번이나 암바에 걸려 이를 악물고 버텼는데 집에 돌아오니 오른쪽 겨드랑이 쪽이 시퍼렇게 멍이 들어 있었다. 첫 시합에서 탭을 치고 싶지 않았고 포기하고 싶지 않은 마음이 컸다. 정말 위험했다면 탭을 쳤겠지만 무조건 빠져나갈 수 있다고 믿었기 때문에 그나마 5분을 버텼다. 이렇게 나의 시합을 끝낼 수 없었기에 아픈 무릎을 위해 충분히 쉬어주고, 또 다음 대회를 준비했다.

콜롬비아 메데진 프로 시합

스탠드업 코미디 근데 '스페인어'를 곁들인

콜롬비아의 스탠드업 코미디

콜롬비아 스탠드업 코미디

스탠드업 코미디에 관심이 많은 편이다. 한국에서도 몇 번 공연에 가본 적이 있고, 개인적으로 모든 코미디언을 존경한다. 실제로 입사 지원할 때, 자기소개서 파트에 '존경하는 인물과 그 이유에 대해 작성하라.'라는 물음에 가장 좋아하는 개그맨 이름을 쓰고, 존경하는 이유에 대해 적었던 적이 있다. 스페인어 자체가 단어의 음절이 길다 보니 말이 빠른 편인데 특히 스탠드업 코미디 쇼의 현장은 하나도 이해하지 못할 정도였다. 대부분 코미디언이 말하는 속도는 일상에서 듣는 스페인어와는 또 다른 속도로 느껴졌다.

우연히 언어교환 모임에서 만난 친구를 따라왔는데 잘 왔다는 생각이 들었다. 맥주를 마시면서 스페인어 코미디를 들을 수 있는 공간이라니 굉장히 이색적이었다. 이런 곳에서 맨 앞자리에 앉은 외국인은 종종 놀림의 대상이 된다. 어떤 말인지는 모르겠으나, 종종 나를 쳐다보며 이야기하는 코미디언과 "꼬레아노(Coreano, 한국인)"라는 단어가 들리기도 했다. 스페인어에 자신 있었다면 한 번쯤 대답해 볼 만한데 그렇게 하지는 못했다. 그저 '네가 무슨 말 하는지는 모르지만 그래도 좋아!'라는 듯 헤헤 웃기만 했다. 이날은 여성 코미디언의 날이라고 해서 사회자를 제외하고 앞에서 진행하는 코미디언 모두 여성이었다.

특히 말이 기관총 같았던 한 코미디언은 랩을 하는 것처럼 느껴졌다. 보고타 출신이었는데 웃음 포인트도 많았고 가장 분위기가 뜨거웠다. 마이크 하나로 사람들을 즐겁게 해줄 수 있는 재능을 가지고 있다는 것이 부럽기도 했다. 총 여섯 명의 여성 코미디언이 공연했고, 굉장히 즐거운 시간이었다. 스페인어를 꾸준히 습득해 이런 농담을 다 이해할 수 있는 날이 얼른 오길 바란다.

마약왕의 나라, 콜롬비아 치안?

콜롬비아 치안은 확실히 안 좋을까?

콜롬비아에 있다고 하면, 주로 많이 듣는 질문이 있다. "거기서 살아도 괜찮아?", "마약이 흔한 나라 아니야?" 등 치안에 관련해 묻곤 했다. 이에 대한 내 답변은 "지킬 것들 지키고, 조심히 다니면 괜찮다."였다. 물론 내 경우에는 지켜야 할 안전 수칙을 안 지킨 적도 몇 번 있었으나, 운이 좋게도 지나갔다. 운이 따라 주기도 했지만 반대로 이 정도면 나름 괜찮은 것 아닐까(?) 생각도 든다. 여행을 시작하기 전부터 가장 두려웠던 것이 바로 치안이었다. 더 불안하게 만들었던 것은 그곳에서 사고를 당해도 그 나라 국가 공권력이 나와 같은 여행객을 보호해 주지 못할 것이라는 생각 때문이었다.

그리고 현지 대한민국 대사관에 도움을 요청해도 외면받

은 뉴스들을 들으면 더더욱 불안했다. 언어도 제대로 구사하지 못하는 외국인이 특히 남미에서 어떤 불상사가 생기면 감당할 수 없을 것 같았다. 혹시라도 모든 짐을 털렸을 때를 대비해서 나라별 대사관 위치를 대략적으로 파악해 두었다. 대한민국 대사관에 찾아갈 수만 있다면, 긴급 송금 서비스라도 받아서 집으로 돌아올 수 있기 때문이다. 현지에 오래 있다 보면, 한국에서 들으면 무서웠던 일들도 조금 무뎌지는 경향도 있다. 치안과 관련해 경험했던 일들을 기억나는 대로 적어 보았다.

종종 밤에 숙소에 있을 때, 총소리가 들린 적이 있다. 처음에 모를 때는 창문으로 바깥 상황을 보곤 했는데 그러면 위험하기 때문에 절대 쳐다보면 안 된다고 한다. 식당에서 밥을 먹으며 TV를 보는데 가까운 동네인 메데진 센트로에서 폴리스 라인이 쳐져 있는 뉴스를 보기도 했다. 길을 걷다가 사람들이 모두 땅바닥에 납작 엎드려 있는 장면도 목격한 적이 있다. (그 순간, 마치 영화 속 한 장면에 들어와 있는 듯, 현실 같지 않은 느낌이었다)

또한 택시 강도 사건이 발생했는데 마침 경찰서 근처라 더 큰 일은 발생하지 않기도 했고, 미국인 친구와 같이 축제에 참여했다가 주머니에 있던 친구 휴대폰을 잃어버린 일도 있었다. 한국에서 묻지 마 칼부림 사건이 떠들썩했을 때, 이곳에서도 저녁을 먹고 나와 길을 걷던 중 한 술집에서 모두가 소리를 지르며 사방으로 도망가는 일을 목격하기도 했다. 뛰어나오면서 한 여성분이 친절히 얼른 집으로 돌아가라고 일러 주기도 했다.

무슨 폭발이 일어나는지, 칼부림이 일어나는지도 몰라 멍하니 쳐다보고 있었는데 지금 생각해 보면 그들과 같이 최대한 멀리 뛰었어야 했다. 그 주변에서 이전에 가스 폭발 사고가 있었다. 그 폭발이 누군가 의도한 사고였는지는 확실하진 않지만 그런 일이 있다고 들었다. 위의 이야기 모두 머무는 숙소 근처에서 발생한 사건들이며 보고 들은 것들이다.

무엇보다 마음 졸이는 것은 버스나 지하철과 같은 대중교통을 이용하거나 많은 사람이 모이는 곳에 갈 때다. 짐을 항상 안고 있거나 계속 확인해야 해서 신경을 곤두세워야 한다는 점이 조금 피로하게 느껴지기도 한다. 특히나 남미에서 동양인은 눈에 잘 띄기 때문에 표적이 되기 쉽다. 또한 안전했던 한국을 떠올리며 안일하게 생각하는 사람들이 많은 것 같다. 이렇듯 사실 위험한 일들이 많이 스쳐 지나갔지만 운이 좋게도 불행한 일을 당하지 않았다. 생존자 편향과 같이 나에게 아무런 일이 없었다고 남미 여행 가는 분들에게 걱정하지 말라고 할 수도 없는 일이다. 그저 너무 겁먹을 필요 없고 늘 안전을 최우선으로 고민하며 여행한다면 괜찮을 거라고 말해주고 싶다.

콜롬비아 하루 2만 원 살기

콜롬비아 물가는 얼마나 될까?

    콜롬비아에서 숙소 비용 제외하고, 하루 생활비를 계산해 보았다. 식비로 15,000원 정도 그리고 5,000원은 간식이나 과일 사 먹는 데에 썼다. 보통 하루 두 끼 먹는 것이 일상이었다. 오전 운동 끝난 후 먹는 점심과 저녁 운동 끝나고 늦은 저녁을 먹었다. 그중 점심은 거의 매번 가는 식당만 갔는데 메뉴 델 디아(Menu del día)라고 하는 '오늘의 메뉴'를 주문해서 먹었다. 이 메뉴는 작은 컵에 음료 하나, 수프 하나, 밥과 샐러드, 고기가 나온다.

콜롬비아 저렴한 식당　　　　　　**메뉴 델 디아**

　일반적으로 음료와 수프는 보통 3가지 중 하나를 선택할
수 있고 고기는 소고기, 돼지고기, 닭고기, 튀긴 삼겹살, 돈
가스 중 하나를 고를 수 있다. 소고기를 고르면 1,000페소
가 추가되는데, 콜롬비아 1,000페소는 한화 약 300원 수
준이라 큰 차이는 없다. 이렇게 먹으면 저렴한 편이고, 가
성비가 최고다. 식당마다 약간의 가격 차이는 있지만 보통
15,000~17,000페소 수준이다. 한화 약 4,500~5,100원 수
준인데 자주 가는 식당은 15,000페소였다. 4,500원으로 위
와 같은 밥, 고기, 샐러드, 수프, 음료까지 마시면 꽤 푸짐했
다. 중남미의 거의 모든 나라에서 과일이 저렴한데 콜롬비아
도 마찬가지다. 딸기 500g에 6,300페소(약 2,000원)밖에 안 한
다. 딸기뿐만 아니라 모든 과일이 한국에 비해 반의반 값 수
준이다.

　　　　　　　　　　　　　　주짓수로 떠난 중남미 여행

자주 방문했던 로스 베르데스(Los Verdes)라고 하는 식당이 있는데, 이곳에서 운동 끝나고 고기를 굉장히 자주 먹었다. 원래 주문을 하면 아레빠(Arepa)*, 감자튀김, 샐러드를 주는데 감자튀김과 아레빠는 먹지 않기 때문에 그걸 빼고 샐러드만 달라고 요청하면 샐러드를 가득 담아주기도 했다. 여기는 10% 팁을 따로 받지 않아서 메뉴 가격만 결제하고 나오면 된다. 메뉴 하나를 주문하면 대략 25,000~35,000페소로 약 7,500~10,500원 정도 한다.

그리고 저녁 식사로 햄버거를 자주 먹었다. 그 이유는 운동이 끝나면 보통 10시가 넘은 시간이라 대부분의 식당이 닫기 때문에 선택지가 많이 없고, 제일 흔한 메뉴 중 하나다. 길거리에서 파는 햄버거가 아닌 매장에서 판매하는 햄버거는 30,000페소 내외(약 9천 원) 정도 한다. 생각보다 저렴하지 않은 편이다. 그래서 평소에 이렇게 점심 15,000페소(4,500원), 저녁 30,000페소(9,000원) 정도 먹으면 식비만 13,500원 정도 되는 셈이다.

이런 메뉴들을 식당에서 먹으면 기본적으로 팁 10%를 내

*아레빠: 주로 옥수수 가루로 만든 납작한 빵의 일종

야 한다. 팁을 내지 않아도 되지만, 안 내면 보통 맛이나 서비스가 좋지 않다고 생각하기 때문에 특별히 문제가 없으면 내는 것이 당연한 분위기다. 처음 여행할 때는 팁이 생소해서 되도록 안 내려고 했지만, 현지인들도 마찬가지고 놀러온 여행객들도 안 내는 경우를 못 보았다. 그래서 콜롬비아에 온 이후로 꼬박꼬박 10%의 팁을 냈다. 그래서 음료를 안 시키고 그 돈을 아껴 팁을 낸다고 생각했다.

흔한 길거리 식당

길거리에 흔한 식당⑺의 풍경이다. 도로에서 차들이 매연을 뿜어대고 식당 바로 앞 하수구에는 바퀴벌레가 들끓지만 손님이 없는 걸 보질 못했다. 다들 그런 건 개의치 않아 하는

주짓수로 떠난 중남미 여행

것 같았다. 숯불을 피우고 헤어드라이어로 불 조절을 하면서 굽는데 이런 모습이 이색적이었다. 늦은 저녁에 배달 주문은 비싸고 딱히 먹고 싶은 것도 없을 때, 이곳에서 한 두 번 정도 사 먹어 봤다. 소, 돼지, 닭고기, 소시지 등을 판매하고, 가격은 대략 3,000~4,500원 수준이었다.

중남미를 여행하며 행복했던 이유 중 하나는 고깃값이 정말 저렴하다는 것이다. 정육점에서도 저렴한 고깃값 덕분에 이것저것 다양한 부위를 먹어 볼 수 있었다. 가끔 추천을 받기도 하고 원하는 부위를 미리 알아본 후 요청하기도 했다. 가장 비싼 부위가 1kg에 2만 원이 안 되며 소고기든, 돼지고기든 1kg에 만 원 내외로 구입할 수 있다. 친구들과 같이 다니면 종종 점심에 괜찮은 맛집을 찾아다니기도 했다. 이럴 때면 점심부터 한 끼에 만 원이 넘어갔다.

산코쵸(Sancocho)라고 하는 콜롬비아 전통 국물 요리는 한국인 입맛에 무난한 갈비탕 느낌의 맛이다. 그리고 반데하 빠이사(Bandeja Paisa)는 안티오키아 지방의 전통 음식 중 하나로 삼겹살 튀김, 다진 고기, 계란, 아보카도, 채소, 소시지 등 다양하게 나오는 편이라 한 끼를 정말 배부르게 먹을 수 있다. 평균적으로 하루 식비를 15,000원으로 잡았고 더 쓰는 날도 있었지만, 평소엔 2만 원 내외로 생활을 했다. 늘 배고 팠기 때문에 식비를 줄이기보다는 저렴한 숙소에서 생활하여 주거비를 아끼고, 정해진 예산 내에 식비를 조금 더 확보하는 식으로 지냈다.

주짓수로 떠난 중남미 여행

다치는 것이 일상이던 어느 날

보고타 대회 3일 전 일어난 부상

몸이 덜 풀린 오전에는 스파링을 더 가볍게 해야 한다. 하지만 시합이 며칠 남지 않은 상황이었고 같이 준비하던 친구도, 나도 몸에 힘이 더 많이 들어갔다. 한순간 발목이 비틀어지는 느낌을 받았고 그 즉시 스파링을 중단했다. 발목 뒤쪽이 순간적으로 고무줄 튕기듯이 무언가가 튕겨 나갔다는 느낌이 들었다. 체육관에서 숙소까지 걸어서 5분 거리를 약 20분 동안 다리를 거의 질질 끌다시피 왔다. 집에 도착해서 발목 상태를 보니, 의학적 지식이 전혀 없는 내가 봐도 운동은커녕 며칠 걷지도 못할 것 같았다.

지난 첫 주짓수 대회에서 무기력하게 지고 나서 한 달간은 악몽에 시달렸다. 시합 전 긴장했던 순간과 매트 위에서 암바를 당하고 있는 내 모습이 오버랩되면서 잠에서 깨곤 했다. 그렇게 눈을 뜨면 이기고 싶다는 열망이 간절해진다. 콜롬비아에 머무는 동안 대회를 최대한 많이 경험해 보고 싶었다. 그래서 눈을 감고 잠시 상상한다. 대회에서 이긴 내 모습을, 심판이 승자의 손을 올려 줄 때 내 손이 올라가는 모습을 그리고 나는 1등 단상 위에 올라가 금메달을 목에 거는 상상을 한다.

다시 돌아와서 발목을 다친 그날이 대회 3일 전이었다. 대회 취소 가능 일정을 보니 이날 23시 59분까지 취소하면 100% 환불을 받을 수 있었다. 그래서 그날 점심부터 23시 50분까지 고민을 했다. 무리해서 나가고 싶다는 생각과 더 다칠까 봐 취소해야겠다는 마음이 반반이었다. 대회 3일 전 걷지도 못하는 사람이 '시합에서 보여 줄 수 있는 것은 없다.'라는 판단이 들었다. 이 아픈 발로 참가했다가 오히려 더 부정적인 영향만 나타날 것만 같았다. 그날 밤 자정이 지나기 전, 대진표에 내 이름은 사라졌다.

지난번 무릎 때문에 다녀왔던 정형외과에 다시 방문하여 접수하고 기다렸다. 이전에 무릎을 진찰해 주셨던 의사 선생님은 영어도 잘하셨고, 친절하게 진료도 오래 봐주셔서 다시 이 병원에 방문했다. 하지만 이번 선생님은 엑스레이상 뼈에 이상이 없고, 그저 인대가 늘어났다는 식으로 이야기를 하고 끝이 났다. 영어를 못하신다고 해서 어쭙잖은 스페인어로 이야기하다가 어려우면 친구에게 전화를 걸어 통역해달라고 부탁했다. 그렇게 통증과 다치게 된 원인을 이야기해도 별다른 조치는 없었다. 발목을 제대로 붙잡아 줄 수 없는 헐렁한 발목 보호대 하나와 약 처방해 주고 끝이 났다.

붕대나 부목을 대어달라고 요청해 보았지만 저런 건 뼈에 문제가 있을 때만 사용하는 것이라고 했다. 그저 인대를 다친 것은 1~2주 충분히 휴식하면 되고, 이후에는 천천히 운동해야 한다는 말에 휴식을 취하다가 또 열심히 운동했다. 처방받은 약과 진통제 그리고 바르는 약도 발라 보고, 물리치료도 받으러 다녀봤지만 크게 호전되지 않았다. 병원에서 산 보호대보다 미국인 친구가 빌려준 발목 보호대가 더 좋아서 이를 착용하거나 발목에 테이핑한 뒤에 운동했다. 충분히 쉬어야 했지만 그저 운동하는 게 좋았고 금방 회복할 수 있을 거라 믿었다.

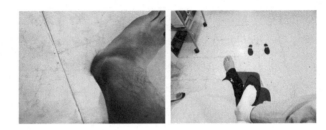

퉁퉁 부어버린 발목으로 인해 재방문한 정형외과

시합이 주는 매력

아부다비 주짓수 프로 보고타 2023

부상으로 취소한 보고타 대회

보고타 시합이 끝난 이후

제대로 걷지도 못하면서 굳이 친구들을 따라 보고타에 왔다. 움직이지 말고 푹 쉬어야 했지만 그렇다고 숙소에서 며칠간 가만히 있으려니 방 안에서 더 우울할 것만 같았다. 그래서 발목에 보호대를 차고, 메데진에서 보고타로 떠났다. 경기는 나가지 못하지만 내 체급에서 뛰는 선수들이 얼마나 좋은 기량을 보여 주는지도 궁금했다. 특히 같은 체급에 콜롬비아 랭킹 1위(AJP 기준) 하는 친구가 있었다. 나이도 18살이고, 이전 대회 기록들도 좋아 보였는데 실력이 어떤지 직접 눈으로 보고 싶었다.

승패에 따라 느끼는 수많은 감정과 시합이 주는 큰 매력이 있다. 늦었지만 지금이라도 알아서 다행이라는 생각이 들기도 한다. 이번 대회에는 선수로 출전해 보진 못했지만 그래도 팀 동료들과 이곳에 왔다는 것만 해도 주먹이 꽉 쥐어졌다. 시합에 출전하지 않는 나도 이렇게 떨리는데 다른 친구들은 오죽했을까 싶었다. 거의 매일 같이 운동하던 친구들은 그들 존재 자체만으로도 든든했다. 이기든 지든 본인을 모두 보여 주고 올 수 있으리라 생각했다.

"Show'em who's boss!"

(네 실력을 보여 주고 와!)

친구들이 한 명씩 시합 시간이 되어 준비할 때 열심히 사진을 찍어주면서 그들이 다치지 않고 무사히 마치길 바랐다. 연습 매트에서 몸을 풀고 본인의 차례가 되어 시합장으로 걸

주짓수로 떠난 중남미 여행

어오면서 무슨 생각을 할까. 친구들의 얼굴은 사뭇 진지하고 평소와는 다른 모습이었다. 카릴(Khalil) 친구는 대회 경험이 3번째였는데 경험은 부족하지만, 힘은 타고난 듯이 셌다. 운 좋게 첫 경기를 부전승으로 올라와 두 경기에서 내리 이기고 결승에서 아쉽게 패배해 은메달을 목에 걸었다. 은메달은 확실히 동메달보다 만족도가 떨어지는 것 같다. 친구는 결승전의 패배가 끝끝내 아쉬운 듯했다.

관장님은 이번 대회에 맞는 체급과 나이대의 선수가 없어 다른 체급으로 옮겨져 출전하였는데 상대 선수와 약 30kg 차이 나고, 나이는 10살 이상 어렸다. 어떻게 이런 대진표를 만들 수 있을까 의문스러웠지만, 경기가 시작되고 숨죽이며 지켜보았다. 결과는 3분 정도 만에 서브미션˙ 승리를 거두었다. 10년 이상 수련한 사람들이 받는 블랙벨트, 그들만의 리그에서 나이와 체급 모두를 뛰어넘는 서브미션 승리는 가히 경외감이 들었다.

항상 반갑게 맞이해 주고 잘 놀아 주는 맏형, 루이스(Luis)는 시합 내내 위험한 고비를 넘기고 역전 서브미션으로 승리했

*서브미션 : 상대방의 항복을 받아내는 기술

다. 경기를 보는 내내 조마조마하고 점수 차이가 커서 지는 줄 알았는데 30초 남기고 상대의 탭(항복)을 받아 내었다. 경기가 끝나자 불끈 쥔 두 주먹을 하늘 높이 뻗었다. 루이스는 숙소에 도착할 때까지 금메달을 목에 매고 있었는데 그 모습을 보니, 나까지 덩달아 기분이 좋아졌다. 결과가 좋지 못한 친구도 있었지만 다들 도전했고, 좋은 밑거름이 될 것이라 믿는다.

다들 그동안 시합 준비한다고 술도 줄이고, 감량하느라 제대로 먹질 못했는데 시합이 끝나고 숙소에 도착하자마자 한 친구는 바로 슈퍼에 가서 맥주를 마셨다. 밤늦게 끝나게 되어 저녁 식사와 함께 맥주로 시작했다. 다들 피곤한데도 다음날 메데진으로 돌아가야 해서 보고타의 토요일 밤을 신나게 먹고 마시고 즐겼다. 시합은 참여하지 못했지만, 따라오길 잘했다는 생각을 했다. 발목 찜질하며 혼자 우울하게 있는 것보다 훨씬 재밌는 경험이었다. 현장 분위기를 느껴보니 발목이 얼른 회복되어 콜롬비아에 있는 동안 최대한 많은 대회를 경험해 보고 싶었다.

이번엔 손가락이 말썽이다

이번에도 시합 3월 전 부상

    지난 보고타 대회를 준비하다가 다친 발목이 다 낫기도 전에 이번엔 손가락이 꺾였다. 스파링하던 중, 가드에서 상대방이 패스하지 못하도록 손을 뻗어 막고 있는 상황에서 상대 무릎에 찍혀서 왼손이 순간적으로 꺾였다. 처음에는 너무 아파서 손목 자체가 꺾인 줄 알았다. 그런데 시간이 지날수록 엄지손가락 통증만 심해졌다. 시합은 3일 남았는데 이제 부상 목록이 하나 더 늘었다.

    한 달 전 콜롬비아 보고타 AJP 대회를 준비할 때도 그랬고, 이번에도 시합을 코앞에 두고 다치다니 하늘이 노래졌다. 다섯 손가락 중에서 힘을 쓰는 건 엄지, 검지, 중지인데 그중 엄지를 빼고 나머지 4개 손가락만 사용한다는 것은 상대 도복 깃을 잡을 때도 불안정하고, '제대로 시합이나 할 수 있을까?' 의심이 들었다. 마치 스스로 큰 페널티를 안고 시작하는 것이었다.

다친 직후, 체육관에 구비된 얼음팩으로 얼른 응급처치했다. 이때 처음 한 20분 동안, 손가락에서 처음 느껴보는 고통이 밀려왔다. 당장 시합은 3일 남았고, 손가락은 점점 부어오르고 있었다. 고통을 고스란히 느끼면서 앞으로 남은 일정 동안 시합을 어떻게 준비할 것인지 생각하니 정신도 아득해졌다. '한 손을 안 쓰고 시합에서 이길 수 있을까.', '전력을 다해도 모자랄 판에 발목과 손가락을 테이핑하고, 나가서 싸울 수 있을까.', '당연히 상대방은 내가 아프다고 봐주지 않을 것'이기에.

처음엔 퉁퉁 부어오르기만 하다가 저녁부터 점점 푸른빛이 돌기 시작했다. 병원에 가봤자 3일 이내에 이 손가락을 고칠 수는 없을 것 같고, 시합에 나가지 말라고 할 것이 분명했기 때문에 가지 않았다. 아픈 손가락을 붙잡고 또 저번 시합처럼 고민했다.

주짓수로 떠난 중남미 여행

그러던 중 운이 좋게도 스포츠 분야 정형외과에서 일하는 간호사 친구가 있었다. 그 친구가 일하는 병원 의사 선생님 께 사진으로나마 자문할 수 있었는데 결론적으론 절대로 시 합에 나가선 안 된다고 했다. 사진과 영상으로 보기엔 힘줄 에도 문제가 있을 것으로 판단되어 최소 열흘간은 움직이지 못하도록 고정해야 한다고 했다.

하지만 콜롬비아에 머물 수 있는 무비자 기간은 한 달 남 짓했고, 그동안 시합은 준비했던 AJP 칼리 대회와 이후 일주 일 뒤에 있는 것이 전부였기 때문에 더 고민이 되었다. 당장 할 수 있는 건 시합 때 더 문제가 생기지 않도록 스포츠 테이 핑과 약을 사 오는 일이었다. 약국에서 손가락이 꺾였다고 설명하니 멜록시캄(Meloxicam)이라는 약을 처방해 주었다. 그 리고 평소에 구비해 두고 통증이 심할 때 복용하는 진통제와 함께 급하니 알약 2개를 삼켰다. 그렇게 다친 당일과 다음 날 아침, 점심, 저녁을 복용했는데 같이 먹으면 안 되는지, 먹은 것 중에 뭔가 잘못되었는지 저녁 식사 이후로 속이 안 좋기 시작했다.

D-2

결국, 새벽에 자다가 일어나서 구토했다. 이제는 발목, 손
가락에 이어 속도 좋지 않았다. 시합 이틀 전, 어스름한 새벽
에 눈을 뜬 나는 해가 뜰 때까지 배 속에 있는 걸 다 게워 냈
다. '이런 최악의 몸 상태로 시합을 나간다는 게 말이 되나.',
'가서 아무것도 못 하고 올 것 같은데 그래도 나가야 할까.'
또는 '괜히 속도 안 좋은데 힘쓰다 시합장에서 실수라도 하면
어떡하지.' 등등 치욕스러운 상상까지 했다. 뱃속이 요동치니
머리는 폭풍이 몰아치고 있었다.

시합 하루 전까지 고민하다

안 좋은 걸은 왜 항상 길이 길어질까?

손가락을 다치고 진통제와 처방받은 약을 복용하고, 저녁에 햄버거를 먹었다. 햄버거가 문제였는지, 약이 문제였는지 모르겠지만 시합 전까지 아무것도 먹을 수가 없었다. 그래서 최대한 소화기관에 부담이 덜 되는 액체로 마실 수 있는 건강 음료(?)를 사서 마셨다. 지겹도록 많이 먹었던 햄버거였다. 운동 끝나고 자주 가는 레스토랑이었고, 그동안 탈 난 적이 단 한 번도 없어 문제가 없으리라 생각했는데 하필 시합 이틀 전에 문제가 생겼다.

혼자 시합을 위해 떠나던 목요일 밤, 버스에 탑승하니 직원으로 보이는 분이 자리에 앉아 있는 승객들에게 먹을 것들을 한 주먹씩 나눠 주고 계셨다. 버스에 타면 웰컴 키트처럼

'먹을 것을 이렇게 많이 나눠 주는구나!' 좋은 버스라고 생각하며 받아 든 과자를 모두 가방에 챙겨 넣었다. 하지만 잠시 뒤 다시 돌아온 직원은 과자를 살 거냐고 물어보았다. 그럼 그렇지. 이건 공짜로 주는 게 아니라 다 사는 것이었다. 결국 다시 다 반납해야 했다.

메데진에서 밤 10시 버스를 타고 도착한 칼리에 대략 10시간이 소요되어 오전 8시에 도착했다. 눈은 반쯤 감겨 있는 채로 부랴부랴 짐을 챙기고 버스에서 내렸다. 일단 터미널 안으로 들어가서 택시 타는 곳을 찾고 있었는데 누군가 뒤에서 내 어깨를 두드렸다. 돌아보니 경찰 제복을 입고 있는 세 명이 내 뒤를 쫓아왔다. 잠이 덜 깬 채로 큰 가방을 메고 두리번거리는 내 모습이 수상했을까?

갑자기 그들에게 둘러싸여 여러 질문을 받았다. '어디 사는지, 어디 가는지, 칼리는 왜 온 것인지, 여행으로 온 건지, 여권을 보여달라'는 등의 질문을 받았다. 다른 나라의 공권력을 비난하거나 낮추고 싶지 않지만 중남미에서는 소매치기 다음으로 조심해야 할 것은 경찰이라는 말도 있다. 흔히 여행자의 돈을 뺏는(?) 경우가 허다하기 때문이다. 위압감이 장난 아니었다. 경찰 세 명에게 둘러싸이니 졸고 있던 눈도 번쩍 떠졌다.

멕시코에서 간혹 경찰이 여권을 요구하고 다시 주지 않는 경우가 있다. 돌려달라고 해도 무기한 기다리라고 한다. 그래서 어쩔 수 없이 일정 금액의 돈을 내야 돌려받는다는 이야기를 들은 적이 있다. 분위기상 여권이 그들 손에 넘어가면 다시 돌려받기 어려울 수도 있겠다 싶었다. 그래서 모두 사실대로 이야기했다. "이곳에는 주짓수 대회에 참가하기 위해 왔고, 일주일간 머물다가 다음 주에 떠날 예정이다." 그리고 메데진 라우렐레스에서 거주 중인 에어비앤비 숙소 주소도 보여 줬다. 정말 다행히도, 경찰들은 문제없이 떠났다. 칼리의 첫인상이 찝했다. 그토록 주변에서 들었던 '위험한 칼리'를 직접 체험하고 있는 듯했다.

칼리에서 마주한 세 명의 경찰들

피곤한 몸을 이끌고 도착한 숙소는 엉망이었다. 내부까지 잿가루가 날리고 있었다. 이게 무슨 일인가 싶었는데, 알고 보니 칼리 북부에 3일 내내 큰 산불이 일어나 도착한 당일에 서야 불이 잡혔다고 했다. 그동안 칼리 북부 시내 전체는 잿가루가 날리는 풍경이 연출되었다.

대회 하루 전날, 계체하기 위해 시합장에 들렀다. 이곳에서 혼자 시합을 마쳐야 한다니 굉장히 외로웠지만 여행 자체가 혼자였던 만큼 그런 것에 집중하지 않으려고 했다. 내부 시합장으로는 들어갈 수 없었으나 내일 대회에 참가하는 인원들이 체중을 재고 본인 확인을 하는 등의 검사를 거쳤다.

주짓수로 떠난 중남미 여행

벌써 묘한 긴장감이 돌기 시작했다. 이틀 전부터 제대로 먹은 것이 없으니 계체도 1kg 더 적게 통과했다.

칼리 주짓수 대회 D-day

차가운 시합장의 공기

　전날 큰 행사가 있으면 잠을 잘 자지 못한다. 야간 버스를 타고 온 피곤함까지 겹쳐서 여러모로 몸 상태가 좋지 않았다. 그동안 거의 먹지 못하였지만, 시합 전 에너지 보충을 위해 뭔가를 먹어야 했다. 그래서 아침에 주문 가능한 배달을 찾아 최대한 건강식 같아 보이는 포케를 주문했다. 식욕이 없어 먹는 둥 마는 둥 하고 어제 싸두었던 시합장 짐을 다시 한번 챙겼다. 저번 대회에 놓고 갔던 마우스피스와 도복 한 벌, 띠, 발목과 손가락을 고정할 테이프 그리고 생수 500mL 한 병, 수분 보충에 좋다는 음료까지 모두 챙긴 것을 확인하고 우버를 불러 출발했다. 숙소에서 시합장까지의 거리는 차로 약 30분이었다.

가는 동안 아픈 엄지손가락을 매만지며 걱정과 긴장이 동시에 되었다. 전날 대진표를 보니 내 경기는 한 번 지면 끝나는 방식이었다. 패배하면 더 기회가 없는 것이 오히려 마음이 편해졌다. 이 손가락과 발목으로 최소 한 판만 버티면 된다고 생각했으니까. 경기가 있는 시간보다 약 1시간 30분 정도 일찍 도착했는데 앞선 시합 일정이 진행되고 있었다. 일단 짐을 내려놓을 관중석으로 올라가 다른 사람들 시합을 구경했다.

시합장의 분위기에 더 떨리기 시작했다. 긴장되니 뱃속에선 '꾸르륵' 소리를 내며, 신경이 쓰이기 시작했다. 조금만 이상한 낌새가 있으면 계속 화장실을 다녔는데 못해도 5번은 넘게 왔다 갔다 했다. 만에 하나 콜롬비아 시합장까지 와서 생리적인 현상으로 인해 불상사가 발생하면 세계적인 망신이 될 것만 같았다. 더군다나 모든 시합은 생중계되고, 녹화도 된다. 아마 콜롬비아 뉴스에도 나오지 않을까. 꼬레아노 한 명이 시합장에서…. '신이시여, 아~ 제발 그런 일은 없게 해 주세요.' 종교도 없는 놈이 이럴 때만 신을 찾는다.

도복으로 갈아입고 준비 운동을 하고 있는데 중학생 정도로 보이는 친구들이 나에게 말을 걸어왔다. 나와 스파링을 해 보고 싶다고 했다. 모르는 사람과 시합 전에 스파링하는 건 특히 나처럼 여기저기 아픈 상태인 경우 더 조심스러웠지만, 상대가 중학생이라 흔쾌히 받아줬다. 주변에서는 흥미진진 하게 바라보고 있었다. 같은 체육관에서 온 친구들이 서로 코 치를 해주며, "트라이앵글 초크 조심해!", "암바 할 것 같은데 팔을 숨겨!" 등등 천천히 스파링하며 몸을 풀었다. 적당히 힘 을 빼며 스파링을 하니 끝나지 않을 것 같아 몸이 조금 풀렸 다고 생각했을 때 트라이앵글 초크로 '탭(항복)'을 받았다. 옆에 있던 다른 친구들도 해보자고 올 줄 알았는데 그 친구 한 명 과 스파링이 끝나니, 다들 뿔뿔이 흩어져 각자 몸을 풀었다.

그때 당시에는 긴장하고 있던 터라 스파링하는 것이 살짝 부담스러웠는데 돌이켜보면, 긴장도 풀리고 나에게 정말 감 사한 스파링 상대가 되어 주었다. 마치 내게 집중하라는 듯, 그 친구를 보내 시합 모드로 바꿔 놓았다. 스파링하고 나니 엄지손가락과 발목에 근육 테이프(키네시올로지)를 붙여 놓은 것 이 모두 뜯어졌다. 시합 도중 떨어지지 않도록 미리 챙겨간 하얀색 테이프를 덧대었다. 손가락을 움직이기만 해도 아팠 기 때문에 일단 무조건 고정하는 것이 중요했다.

주짓수로 떠난 중남미 여행

떨리는 마음으로 오늘의 게임 플랜에 대해 다시 한번 머릿속으로 되새겼다. 블랙벨트 친구인 죠니(Jhonny)가 알려 준 스탠딩 상황에서의 상대를 끌어오면서 더블렉 테이크 다운(Double leg takedown)*으로 넘어트리는 것이 목표였다. 계속 머릿속으로 그 상황을 그렸다. 넘어뜨리기에 성공하면 일단 50%는 계획대로 되는 것이고 테이크 다운과 동시에 상대 가드 안에 들어가지 않고 패스하면 100점짜리 상황인 것이다.

무조건 성공한다는 생각으로 넘어뜨린 이후 패스하는 상황을 그렸다. 그렇게 많이 익히지 않은 기술이고, 대회를 위해 급하게 준비하다 보니 디테일이 많이 부족했다. 하지만 그때만큼은 나를 100% 믿었다. '나는 첫 경기에 분명히 스탠딩 상황에서 서로 힘 싸움을 하는 과정에서 내 쪽으로 끌어오며 상대를 더블렉 테이크 다운을 성공시킨다.', 그러려면 '내 오른쪽 무릎은 상대 다리 사이에 위치하며 왼쪽 무릎은 매트를 쓸면서 올라와 순식간에 상대의 중심을 무너뜨린다.' 이런 식으로 계속해서 마인드 컨트롤을 했다.

*더블렉 테이크 다운 : 두 팔로 상대의 두 다리를 감싸안고 순간적으로 앞으로 나아가며 상대를 그라운드로 넘어뜨리는 기술이다.

칼리 주짓수 대회 출전 1 : 실전은 연습처럼

내 체급의 상대 선수들이 먼저 경기가 있었다. 서브미션으로 끝나지 않고 누가 이기든 5분 내내 힘겨루기를 통해 힘이 빠지길 기도했다. 하지만 원하는 대로 흘러갈 리가 만무하다. 경기는 고작 3분도 채 되지 않아 서브미션으로 끝났다. 경기가 빨리 끝나면 내 순서도 당겨지기 때문에 긴장되었지만, 겉으론 최대한 여유로운 '척'을 했다. 지난 첫 메데진 주짓수 대회처럼 아무것도 하지 못하고 무기력하게 졌던 경험을, 두 번 다시는 하고 싶지 않았다.

평소 운동하면서 느꼈던 것은 '항상 나와 상대 모두 다치지 않는 것'이 최우선이다. 시합에서 이기려고 상대의 관절을 부러뜨린다거나 기절시킨다는 생각으로 임하고 싶지 않았다.

비록 여기저기 다쳐서 내 기량을 100% 발휘할 수 없지만 '나도 안 다치고, 상대방도 다치지 않도록, 체육관에서 스파링하듯이, 평소처럼 준비한 만큼만 하자.'라고 생각했다. 체육관에서 스파링하듯이 할 수 있다면, 그 누구와 겨루어도 다 이긴다고 생각했다. 그동안 콜롬비아에서 지내면서 누구보다 열심히 체육관에 나와 아침저녁으로 운동하며 생활했던 것을 떠올렸다. '내 체급에서 나만큼 운동하고, 진심이었던 사람은 없다.'라고 어쩌면 스스로 과한 자신감이었을지 모르지만 이렇게 생각하니 멘탈이 회복되었다.

'연습은 실전처럼, 실전은 연습처럼.' 가장 좋아하는 문장이다. 연습을 실전처럼 했다면, 실전은 두려워할 필요가 없다. 그저 연습한 대로 보여 주면 되니까. 그런 마음으로 마우스피스를 입에 물고, 경기를 준비했다. 이 시합이 있기 한 달 전, 정찬성 선수가 UFC에서 보여 준 모습이 정말 인상적이어서 기억에 많이 남는다. 맥스 할로웨이와의 3라운드는 마치 방패를 집어 던지고 검 한 자루를 쥐고 싸우는 검투사의 모습이 보였다. 그런 정찬성 선수를 떠올리며, 나도 한 번 최선을 다해 보여줘야겠다고 다짐했다. 그리고 첫 경기를 시작했다. 계속 이미지 트레이닝을 했던 대로 처음 시작하고 더

블렉 테이크 다운을 성공했다. 그 과정에서 상대방의 예상치 못한 공격이 있었으나, 어찌어찌 이겨 냈다. 이때, 충돌하면서 오른쪽 눈에 렌즈가 빠졌다. 이것도 이미 첫 대회에서 다 경험해 본 일이었기에 당황하지 않았다. 그저 한쪽 눈을 감고 하면 되니까.

칼리 주짓수 대회 첫 경기

이후 상대의 가드를 패스해야 하는데 깃을 잡으려고 하면, 상대가 뜯어내는 바람에 손가락이 너무 아파 그립을 쥘 수조차 없었다. 이 사실을 경기가 시작하고 20초 정도 지난 후 알게 되었다. '왼손을 못 쓰면 서브미션으로 이길 수 없다.'라고 판단했다. 그러면 점수로 이겨야 했는데, 이런 손으로 5분은 너무 길었다. 그래서 움직이는 척, 패스하려는 척, 시간을 끌

주짓수로 떠난 중남미 여행

다가 얼마 안 남았을 때 패스(점수를 획득하는 행동)를 해야겠다고 마음먹었다. 시작한 지 얼마 되지 않아 아드레날린이 부족해 통증은 계속 느껴졌고 상대방이 밀면 밀리고, 당기면 당겨왔다.

아무것도 할 수 없어 방어하는 와중에 움직임이 없다고 느껴졌는지 경기 중 심판이 나에게 디스어드밴티지(Disadventage)를 주었다. 이를 4번 받으면 '실격패' 처리된다. 일반적인 경기에서 4번까지는 나올 수 없다고 판단했고, 시간을 일부러 지체했다. 그러다가 한쪽 눈으로 빠르게 시계를 보았는데, 1분 30초 정도 남아있었다. 그래서 '지금' 모든 걸 쏟아부어야 할 때라고 생각했다. 그렇게 한순간 상대의 가드가 열리며 공격하는 타이밍에 맞추어 패스에 성공했고, 1분 동안 9점을 추가하여 처음 테이크 다운 2점을 포함해 11-1로 이겼다.

가드 패스에 성공한 이후

시합 3일 전 손가락을 다친 이후 운동은커녕 움직이지도 않았으니 이렇게 움직이면 얼마나 더 아플지 상상도 못 했다. 막상 시합에 들어가니 첫 경기는 고통에 거의 왼손을 못 쓰고 이겼다. 위 사진만 보아도 왼손으로 보통 겨드랑이를 파거나 제압하기 위해 분주해야 하지만, 손가락이 아파서 그저 바닥에 깔리지 않도록 어깨를 감싸고만 있었다. 그렇게 첫 경기를 나도 모르게 이겨 버렸다.

추가로 이 친구와 경기를 끝난 후, SNS를 주고받았는데 지난 2월 보고타에서 열린 시합에서 우승했다는 소식이 올라왔다.

칼리 주짓수 대회 출전 2 : 괜찮은 척하기

그동안 꿈꿔왔던 순간

첫 경기에서 어렵사리 이기고 왔는데 끝나자마자 손가락에 통증이 심했다. 아무렇지 않은 척, 덤덤하게 호흡을 가다듬었는데, 손은 떨리고 있었다. 이틀간 밥도 제대로 못 먹어서 힘은 없지만, 오히려 몸은 가벼웠다. 예상치 못한 승리에 어안이 벙벙했다. 약 15분 뒤에 다음 경기가 있어 테이핑이 잘 붙어 있는지 점검하고, 다음 경기도 천천히 스파링하듯이만 하면 된다고 속으로 읊조렸다.

칼리 주짓수 시합 결승

이 사진을 보면 스스로 조금 안쓰럽다는 생각이 든다. 왼손과 왼발을 쓰지 못해서 본래 오른손잡이임에도 불구하고 사우스포(Southpaw)˙ 자세로 있을 수밖에 없었다. 첫 경기와 마찬가지로 테이크 다운을 시도했다. 상대 선수도 이미 내 경기를 봤을 터, 알고 있는 걸 당해줄 리가 없다. 시도했다가 실패해서 가드로 포지션을 바꿨다. 손가락 때문에 포지션 싸움으로 점수를 얻으려고 계획을 세웠다. 하지만 가드에서는 공격 옵션이 많아지기 때문에 최대한 할 수 있는 기술을 써서 잡아 두고, 공격하려고 애썼다. 한 번의 경기를 마쳐서 그런지 아드레날린 덕분에 결승전에서는 손가락이 아픈데도

*사우스포 : 야구나 권투에서 왼손잡이 선수를 칭함

주짓수로 떠난 중남미 여행

참을만했다. 그래서 이번엔 서브미션을 노리기도 했다.

첫 번째 시도했던 서브미션은 트라이앵글 초크였다. 이미 상대방의 머리 위치가 많이 빠져있는 상태라서 제대로 걸리지는 않았다. 손가락이 정말 아팠는데도 한 번의 탭만 받으면 빨리 끝낼 수 있다는 생각에 억지로 시도했었다. 여러 기술을 시도했는데 그 과정에서 심판은 상대방에게 움직임이 없다고 판단하여 디스어드밴티지를 주어 1점을 먼저 얻었다. 전 판은 내가 받고, 이번 판은 상대방이 받았다. 그렇게 엎치락뒤치락 반복하던 중 상대의 백 포지션을 잡기도 했다. 약 1분 20초가 남은 상황에서 점수 차는 이미 9-0이었다.

이 상태에서 마운트 포지션으로 올라가기 위해 움직이는데 갑자기 심판이 정지시켰다. 매트 가장자리여서 자세 그대로 중앙으로 이동하라는 지시였다. 이런 상황에서 당연히 시간이 멈추는 줄 알았는데 시간은 계속 흐르고 있었다. 중앙으로 옮겨 다시 시작했을 때는 이미 40초밖에 남지 않은 상황이었다. 그대로 버티기만 하면 이긴다. 힘은 다 빠졌고 시간이 줄어들수록 상대방의 저항을 거세졌다. 이때 기술에 걸려 탭을 치기라도 한다면 그대로 경기가 지는 것이어서 그

짧은 시간 동안 방어하려고 애를 썼다. 다행히 방어는 성공했고 경기는 그대로 종료되어 최종 9-0으로 끝이 났다. 9점은 상대방 디스어드밴티지로 1점, 2번의 서브미션 시도로 인한 어드밴티지 2점, 스윕 2점, 백 포지션 4점이었다.

경기가 다 끝나고 매트에서 내려오자마자 바닥에 주저앉아 떼굴떼굴 굴렀다. 시합 중에 느끼지 못한 고통을 미뤄 두었다가 한 번에 다 느끼는 듯했다. 왼손을 부여잡고 쓰러져 있으니 사람들이 신기하게 쳐다봤다. 그렇게 몇 분을 땅바닥에 앉아 있다가 조금 진정이 되니 정신이 들었다. 이제 경기는 더 없고, 끝이 났구나. 여러 감정이 교차했다. 전혀 예상하지 못한 결과라 마치 다른 사람의 메달을 빼앗아 온 느낌까지 들었다. 그런 생각을 한 적이 있다. '1등은 정말 하기 어려운 것이라고, 압도적인 실력 차이가 있어야 1등을 하는 것이고 2, 3등만 해도 잘한 거야.'라고 생각했다. 하지만 오늘은 내가 그 자리에 서 있었다.

칼리 주짓수 대회 시상식

　꿈에서만 서 볼 수 있었던 금메달 자리에 있으니 어색해서 메달만 만지작거렸다. 시합 당일 오전까지만 해도 '혹여나 손가락이나 발목이 꺾여 상태가 더 심해지진 않을까. 속은 괜찮을까. 아무것도 먹지 못했는데 시합은 과연 할 수 있을까.' 걱정하고 고민 속에 자책하던 순간이 떠오르고, 그동안의 크고 작은 부상과 운동했던 모습이 잠시 스쳐 지나갔다.

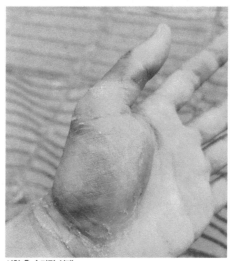

시합 후 손가락 상태

시합이 끝나도 테이프 접착력 때문에 아파서 못 떼고 있다 가 숙소로 돌아가기 전에 떼어냈다. 이 멍든 손을 보니, 마치 메달과 교환한 것만 같았다. 시합이 끝나고 한동안 리모컨 버튼조차 누를 수 없는 엄지손가락이었다. 그리고 이때는 몰 랐지만 한국에 돌아와 엑스레이와 MRI 검사를 해 보니, 엄 지손가락 골절과 부분 인대 파열이라고 했다.

'골절이라서 그렇게 아팠던 거구나. 나름 참을만했던 것 같

주짓수로 떠난 중남미 여행

기도 한데….' 골절이면 이만큼 아픈 것이구나 알게 되었고, 그래서 그때 간호사 친구가 '절대 시합에 나가면 안 되고, 최소 열흘은 고정해 놓아야 한다고 했구나….' 그때는 몰랐다. 한국에 와서야 깁스를 하고, 인대 파열이 심하면 수술도 해야 한다고 했는데 다행히 수술까지 가지는 않았다. 그렇게 나의 두 번째 시합은 잘(?) 마무리되었다.

두 번째 주짓수 대회를 마치고 난 후기

서프라이즈! 서프라이즈!

시합장에 들어가는 것은 정말 무섭고 두려웠다. 특히 인상이 센 상대 선수들을 보면 기세가 많이 눌렸다. 한국에서 운동하면서도 대회에 참가할 기회는 많았다. 주변 친구들이 시합을 같이 나가자고 권유할 때에는 항상 이렇게 대답했다. "나 같은 놈이 무슨 대회야. 그런 건 체육관에서 잘하는 사람들이나 나가는 거지."

하지만 도복 한 벌을 챙겨 남미 여행하면서 많이 변해 있었다. 한국에서만 운동했다면 지금까지 꾸준히 했을까. 스스로 한계를 정해두고 시합을 한 번이라도 나갈 생각을 했을까. 콜롬비아에 있었기 때문에, 여행을 시작한 덕분에 할 수 있었던 도전이라고 생각한다.

또한 콜롬비아에서 6개월 지내고, 좋은 관장님과 팀원들을 만난 덕분에 가능했다. 매일같이 체육관에서 운동하고 다치는 게 일이었지만 그동안의 땀방울은 헛되지 않았다.

이 결과를 어떻게 말해야 할까 고민을 하던 중 항상 어울려 놀던 미국인 친구들이 있는 단톡방에 경기 결과와 메시지를 보냈다.

"Surprise, surprise motherf*ck*r, The king is back!"
맥그리거와 디아즈의 2차전 경기가 끝나고 인터뷰에서 코너가 한 말을 따라 했다. 왕이 다시 귀환했음을 알리는 일종의 공표였다. 그리고 한국에서 운동했을 때부터 남미 총 11곳의 체육관을 돌아다니며 운동했던 관장님들이 생각났다. 그래서 그중 SNS에 팔로우 되어 있는 몇몇 관장님께 '가르쳐주셔서 감사하다.'라는 말을 전했다.

정말 감사하게도 많은 친구들의 축하를 받았다. 이겼던 순간보다 경기가 모두 끝난 저녁, 축하받았을 때가 더 기뻤던 것 같다. '내게도 이런 날이 있구나.' 싶으면서도 뭔가 어색했다. 축하주라도 한 잔 마셔야 하는데, 속이 좋지 않아서 그러진 못했다. 이번 대회가 끝나고, 다음 주에 세비야 지역에서 열리는 세비야 오픈 주짓수(Sevilla open bjj) 대회에 일주일 간격으로 참가하는 것이 원래 계획이었다. 그리고 이번 시합 당일이 다음 주 세비야 대회의 참가 신청 마지막 날이었다.

하지만 이미 손가락은 쓰지 못할 것 같았고 1등을 하고 나니 쉬어도 될 것 같다는 생각이 들었다. 그래서 고심 끝에 세비야 참가 신청은 하지 않았다. 아마 만족스러운 성적을 거두지 못했다면 이를 악물고 다시 도전했을지 모른다.

시합이 끝난 후 이틀간은 정말 아무것도 안 하고 방 안에서 넷플릭스와 에어컨을 틀어 놓고 지냈다. 특별히 먹고 싶은 것도, 가고 싶은 곳도 없었다. 마치 시합을 준비하는 과정에서 모든 걸 다 태우고 재만 남은 듯한 느낌이었다.

경기가 있던 날은 한국에서 추석 연휴였다. 그래서 밤이 되면 까만 밤하늘에 밝게 빛나는 달을 보고 있었다. 저 달이 보름달인지 아닌지는 중요하지 않았다. 그저 보고 있노라면 한국에 있는 가족들도 같은 곳을 바라보고 있을 것만 같았다. 특히 어린 조카들이 그렇게 보고 싶었다. 그래서 그날도

달을 하염없이 바라보았다.

늘 익숙하지 않은 헤어짐

마지막 하우스 파티

칼리에서 다시 돌아오는 토요일 저녁, 카릴이라는 친구가 콜롬비아를 떠나기 전 하우스 파티를 열겠다며 체육관 친구들과 럭비팀 친구들을 초대했다. 미국에 있을 때부터 여러 친구를 초대하는 하우스 파티를 좋아한다고 했다. 이런 걸 한 번도 경험해 보지 못했다고 말하니 신기하게 바라보았다. 친구를 초대하면 그 친구는 또 본인의 친구를 초대하여 파티장에 모두 모이면 모르는 사람들도 많다고 설명해 주었다.

미국 영화에서 보던 그런 파티가 연상되었다. 하지만 막상 친구 숙소에 모이니 매번 체육관에서 보던 친구들이었다. 체육관과 다른 점이라면, 도복이 아닌 사복이라는 점이 전부였다. 기대했던 것은 체육관 친구들의 지인이나 새로운 현지인

주짓수로 떠난 중남미 여행

친구들 사귀는 것이었지만 그런 기회는 거의 없었다. 럭비팀에서 한 커플이 왔는데 간단히 인사만 하고, 금방 자리를 떠나 아쉬웠다.

오후 7시에 모이기로 한 하우스 파티는 8시도 아니고 9시가 되어서야 대부분 도착했다. 일부는 다른 일정이 있었는지 자정이 다 되어 도착한 친구들도 있었다. 다들 파티 시간이 7시인 것을 제대로⑺ 알아들었나 보다. 남미의 시간은 이렇게 몇 시간씩 늦어야 정상이다. 이렇게 시간 개념이 사라진 채로 살다 보니 한국에서 항상 미리미리 준비하는 습관이 점점 희미해졌다. 대부분의 약속 시간이 안 지켜지다 보니, 그들과 맞추어 살려면 같이 없어지게 되는 것 같았다. 술과 음악, 좋은 친구들과 함께하는 시간이 즐거웠다.

하지만 전날 칼리에서 12시간이 넘는 버스 이동으로 너무 피곤했다. 술만 마시면 오히려 졸렸고, 다들 즐거운 시간을 보낼 때 조용히 작은 방 침대에 가서 잠이 들었다. 한 2~3시간쯤 자고 일어났을까. 새벽 3시가 넘은 시간에 아직도 음악은 크게 틀어져 있었다. 밖에 나가 보니 친구들이 많이 떠나고 대략 여덟 명 정도 되는 친구들이 남아 있었다. 남은 친구

들이 떠날 때 같이 나가려고 했는데 도저히 집에 갈 생각을
안 했다. 마치 해가 뜰까지 놀아 보겠다는 것처럼. 그래서 분
위기가 조금 조용해질 때쯤 주최한 친구에게 집에 가겠다고
이야기하고 택시를 불러서 돌아왔다. 그렇게 콜롬비아에 와
서 첫 하우스 파티를 경험해 보았다.

공항으로 가는 택시에 타는 친구들

그리고 며칠 뒤 친구들이 브라질로 여행을 떠나는 날, 마
지막 인사를 하기 위해 다시 한번 친구네 집에 방문했다. 매
일같이 하루 4~5시간 어쩌면 그 이상의 시간을 함께 보내다
가 떠난다고 하니 기분이 썩 유쾌하지 못했다. 이 친구들과
함께 시간을 보내 콜롬비아 생활이 재밌었고 더 열심히 운동

주짓수로 떠난 중남미 여행

할 수 있었다.

다치기도 많이 다쳤지만 그럼에도 불구하고 이 친구들과 꼭 다시 메데진에서 만나고 싶고 언젠간 다시 돌아와서 만나자고 약속했다. 카릴은 미국에 다시 돌아가서 재택근무 일을 구해 돌아온다고 했다. 그리고 죠니는 미국으로 다시 돌아갈 이유가 없다며 이곳에서 지낼 것이라고 했다. 나 또한 이 친구들을 다시 만나기 위해 해외에서도 가능한 일을 구해 언젠간 돌아갈 계획을 하고 있다.

콜롬비아에서 블루벨트 승급

체크맷 콜롬비아에서의 마지막 운동

한국으로 가는 티켓을 구매한 뒤, 관장님께 미리 토요일까지 운동하고 다음 날 떠난다고 이야기를 해두었다. 토요일 당일, 여느 때와 마찬가지로 느지막이 일어나 수업 시간에 맞추어 운동하러 갔다. 손가락과 발목 부상으로 인해 최근에는 드릴과 기술만 연습하고, 스파링은 참여하지 못했다. 하지만 오늘만큼은 테이핑을 꾹꾹 눌러 감고 같이 운동하고 싶었다. 평소와 같은 동작은 불가능했지만 나름대로 최선을 다해 스파링까지 마쳤다.

수업과 스파링 모두 잘 마무리하고 관장님의 한마디와 관원들끼리의 끝인사가 남아있었다. 관장님이 앞으로 나오시

*드릴: 기술이나 일정 동작을 반복하는 훈련

주짓수로 떠난 중남미 여행

며 도복 안에 숨겨 놓은 블루벨트를 꺼냈고, 곧 내 이름을 불렀다. 그 짧은 시간 동안 만감이 교차했다. '승급하기엔 아직 이르다.'와 이제 막 시합에 흥미가 생겨 열심히 운동하고 있는데 블루벨트를 받으면 '화이트벨트 시합이 불가하여 아쉽다.'라는 마음이 동시에 들었다.

블루벨트 승급

그동안 꿈꿔 온 일이었지만 막상 받고 보니 '안 받았으면 좋겠다.'라는 생각까지 들었다. '블루벨트의 자격'은 기본기가 탄탄하고, 어느 정도의 전문성이 있는 사람이 받는 것이라 판단했기 때문에 스스로 적합하지 않다고 느껴졌다. 기쁜 마음보다는 걱정이 더 많이 되었다. 마치 무거운 왕관이라도 쓴 것처럼 말이다.

승급한 이후에도 한동안은 스스로 '블루벨트의 자격'을 인정하질 못했다. 그러던 중 헤이즐(Hazel)이라는 블루벨트 친구가 내게 "블루벨트도 아직 배울 게 많고, 아직은 아마추어다."라는 말을 지나가듯 해 주었다. 사실이다. 시합에서도 블루벨트까지는 아마추어로 분류되고, 퍼플벨트부터 프로페셔널로 구분되기 때문이다.

그 말을 듣고, 꽤 많은 생각을 하게 되었다. 우리는 모두 그저 '블랙벨트로 가는 길(Road to Black)'에 있는 것이고, 블루벨트는 그중 첫 번째 단계에 불과했다. 또한, 나쁘게 보면 블루벨트를 주신 관장님의 판단을 부정하는 모양새가 되어 어느 정도 시간이 지난 후 마음을 다잡았다. 관장님이 벨트를

*주짓수의 벨트 순서: 화이트 → 블루 → 퍼플 → 브라운 → 블랙

주짓수로 떠난 중남미 여행

허리에 감아 주시며 말씀해 주신 이야기가 있다.

"JI, 너는 거의 매일같이 아침, 저녁으로 운동을 빠짐없이 나왔고 (손과 발목에 감겨있는 테이프를 가리키며) 좋지 않은 상황에서도 시합에 나가 이기고 왔잖아? 받을 자격이 있다."라고 해 주신 말씀을 기억하고 있다. 관장님이 내게 주신 선물이라고 생각하고, 더 열심히 벨트 값하는 '주짓떼로'로 성장하겠다고 다짐했다. 이 글을 쓰며 멀리서나마 다시 한번 관장님께 감사의 인사를 전한다.

"Obrigado, Alexandro!"

(감사합니다, 알렉산드로!)

곧 다시 돌아올게, Hasta pronto!

콜롬비아에 떼데진 마지막 일기

떠나기 전, '해야 할 일이 무엇이 있을까?' 고민하다가 체육관 관장님께 작은 성의 표시라도 하고 싶었다. 평소에 건강기능식품을 섭취하는 모습을 몇 번 본 적이 있었다. 대부분 근육 성장과 회복에 좋은 영양제를 드시는 것 같았다. 그래서 어떤 게 필요할까 고민하던 중, 가장 무난해 보이는 센트롬 종합 비타민 세트를 하나 샀다.

비타민 세트 하나로는 조금 부족한 느낌이라 화장품 가게에서 들러 마스크팩도 5장을 집었다가 혹시 안 쓰실까 봐 3장만 담았다. 하지만 막상 선물을 전달하니 마스크팩을 보시곤 "피부 주름에 좋은 거냐."며, 함박웃음을 지으셨다. 50대 남성이 마스크팩을 사용하는 경우가 드물 것 같았는데 이런

주짓수로 떠난 중남미 여행

반응일 줄 알았다면 '더 사다 드릴걸.' 하는 생각에 아쉬웠다.

메데진에서 만난 친구들과 떠나기 전에 함께 시간을 보내며 사진도 찍고, 그동안 가보지 못한 동네를 한 번 둘러보았다. 평소에 체육관 외에 외출을 거의 하지 않았는데, 메데진에서 꼭 가 봐야 할 곳 중 하나인 코무나 13(Comuna 13)을 가 보았다. 그리고 한국에 있는 가족과 주변 친구들에게 줄 선물들도 챙겨 두었다. 떠날 생각에 며칠을 우울하게 보내다가 한국으로 귀국 전날, 친구들과 마지막 파티를 했다. 우울한 마음에 혼자 과음을 해 버렸고 다음 날 숙취로 고생하여 비행기도 못 탈뻔했다.

처음 라우렐레스 번화가 LA70를 지나쳤을 때, 술 취한 사람들이 많아 엄청 겁을 먹고 소지품을 계속 확인하며 걸었지만 몇 달이 지나자 나도 그들 사이에서 술에 취해 거리를 누볐다. 게다가 숙소도 이 근처여서 새벽까지 울리는 진동과 소음에도 익숙해졌다. 새벽 2시쯤 시끄러운 소리와 진동에 잠시 눈을 떴다가 시계를 확인하고 '한 2~3시간 있으면 끝나겠네.' 생각하곤 또 잠이 든다. 이래서 사람은 적응의 동물인가 보다.

콜롬비아 메데진 공항

메데진 공항에 도착하여 주변을 둘러보는데, 각국의 언어로 '다음에 만나자.'라고 쓰여 있었다. 한국어로도 '곧 봐요.'라고 쓰여 있는 걸 보며 마음속으로 '그래, 꼭 다시 오자.'라고 생각했다. 떠나는 날 비가 추적추적 내리긴 했지만 그렇게 많이 오지는 않았다. 숙취로 쓰린 속을 물로 달래고 있는데 관장님이 마침 공항 근처에서 살고 있어 마중을 나와 주신다고 했다. 짧다면 짧은 기간 여행으로 와서 인연이 되었지만, 잘 챙겨 주고 마지막 배웅까지 해 주시는 것이 감동이었다. 메데진에 있던 6개월의 주짓수 생활을 성실히 했던 것이 관장님께는 좋은 이미지로 비친 것 같아 한편으로 기분이 좋기도 했다.

일본에서 열리는 아시안 주짓수 세계 대회에 관장님도 출전하실지는 잘 모르겠지만, 여행하며 만났던 친구들이 온다면 기꺼이 일본으로 날아가 그들을 응원하고 싶다.

콜롬비아에서 한국으로 돌아온 이후

다시 길상으로

30시간이 넘는 비행을 하고 인천으로 새벽에 도착했다. 귀국하고 짐을 풀기도 전에 제일 먼저 갔던 곳은 병원이었다. 그동안 운동하며 다쳤던 이곳저곳들이 제대로 검사를 받지 않아 이제는 치료가 필요했다. 발목, 손가락, 발가락 총 3곳을 엑스레이 찍고 검사를 받았다. 손가락은 MRI를 찍어 봐야 알 수 있다고 했고, 발목은 수술이 필요할 것 같다는 진단을 받았다. 막막했지만 수술을 위해 대학병원을 알아보았다. 발목 엑스레이 및 MRI 촬영을 하고, 한 달 뒤 수술 일정을 받았다. 약 2년간 주짓수를 하며 정말 많이 다쳤던 순간들이 스쳐 지나갔다. 정형외과를 내 집 드나들듯 어깨, 무릎, 발목, 손가락 총 4번의 MRI 촬영을 했다.

주짓수로 떠난 중남미 여행

일상생활에 지장이 갈만한 부상을 당하면 이 운동에 대한 회의감이 들기 마련인데 그래도 포기할 수 없는 주짓수만의 매력이 있다. 이는 주짓수를 하는 사람이라면 모두 같은 마음이지 않을까. 운동을 별로 좋아하지 않던 내향적인 사람도 한 가지 운동에 이렇게 푹 빠져 다친 것도 즐기는 지경이 이르렀으니 더 일찍 이 운동을 접하지 못한 것이 아쉬울 뿐이다. 의사 선생님과 진료를 받으면서 또는 주변 친구들과 대화를 하다 보면, 항상 묻는 말이 있다. "그렇게 다치는데 또 할 거야?" 어떤 한 의사 선생님은 마치 나 같은 환자를 많이 만났다는 듯이 "치료받으면서 계속 운동할 거잖아요. 그렇죠?"라고 얘기하기도 했다. 그 질문에 대답할 수 없어 그저 어색한 웃음만 지어 보였다.

스파링을 마음껏 즐긴 뒤 다리가 아파서 보면 정강이에 시퍼런 멍이 군데군데 최소 10개는 넘은 적은 흔한 일이고 이렇게 오래 쉬어야 하는 부상을 당하기도 한다. 멍이 한창 많이 들었을 때, 관장님이 내게 별명을 지어 주셨다. '달마시안'이라고. 이외에도 내게 '혼자 무에타이 배우러 다니냐?'는 농담도 듣곤 했다. 관절이나 연골, 인대를 심하게 다치면 본래 기능의 100%를 발휘할 수 없다고 한다. 그래서 수술 이후에는 예전 같은 퍼포먼스가 나오기 어렵다. 젊었을 때는 이를 악물고 버틸 수 있다지만 근성으로 버티는 것만이 답이 아니라는 것도 이제는 안다.

　하지만 다쳤을 때의 그 후회와 안타까움도 금세 잊어버리고 또 체육관을 향하고 있다. 어쩌면 나는, 이런 수많은 부상에도 불구하고 이 운동으로 느끼는 행복이 더 크기 때문에 이러는 것이 아닌가 생각이 든다. 안 다치는 운동하는 것이 제일 좋다. 하지만 다른 운동에 이렇게 흥미를 느껴 본 적이 없다. 건강을 위해 '중·고강도 운동을 일주일에 3~4회 하는 것이 좋다.'는 말을 듣고 그저 그 시간과 횟수를 채우는 수단에 불과했다. 나중에 정말 더 크게 다치면 멈출 수 있을까 생각하지만, 아직은 포기할 생각이 없다. 체육관에 다니다 보면 큰 부상으로 운동을 더 지속할 수 없는 분들도 보고 장기간 재활을 하는 관원들도 있다. 모두 다른 선택을 하지만 이 또한 본인의 행복을 따라가는 것이 아닐까 생각한다.

콜롬비아 메데진

Checkmat Colombia Laureles Medellín

콜롬비아 체크맷 가족들

좋은 추억이 가득한 마지막 체육관이다. 콜롬비아 체크맷은 내게 제2의 고향과 같은 체육관이고 그리워하는 곳이기도 하다. 아무런 계획 없이 처음에 이곳에 와서도 언제까지 머무는지 물어보는 대답에 늘 그렇듯 "정해진 것은 없는데 대략 3개월이나 6개월 지낼 것 같아요."라는 어정쩡한 대답을 했다. 원래는 메데진에서 몇 달 지내본 후, 다른 곳으로 이동하려고 했었다. 유명 도시보다는 상대적으로 조금 덜 유명한 페레이라(Pereira), 마니잘레스(Manizales)에 가서 지낼 생각을 하고 있었다.

하지만 점차 친구들과 정이 들다 보니 이렇게 오래 한 곳에서 오래 머무를 줄 몰랐다. 어쩌다 보니 6개월이라는 시간을 보내고 왔다. 누군가 콜롬비아에서 가장 많은 시간 무엇을 했는지 물어본다면 바로 이곳에서 땀 흘리고, 구르는 것이었다. 태권도장과 같은 곳에서 배우다가 약 두 달 뒤에 새로운 체육관으로 이사했다. 이전에는 주 3회밖에 운동할 수 없어서 아쉬웠지만 체육관을 옮기고 나서는 주 6일 시간표로 바뀌었다. 일요일 오픈 매트가 있는 날이면 기쁜 마음으로 주 7일 운동을 하기도 했다. 1층은 식당이었고 2층이 체육관이었다. 항상 오전 운동이 끝나면 아래 식당에 옹기종기 모여 앉아 점심을 먹곤 했다.

사진 속에 있는 내 모습을 보면 가끔은 괴리감이 느껴질 때가 있다. 마치 한국에 있는 내가, 콜롬비아에 있는 꿈을 꾼 것처럼 말이다. 그렇다면 콜롬비아에 있는 것이 현실이고,

한국에 있는 것이 꿈이었으면 좋겠다고 생각하기도 한다. 지금도 왓츠앱 체크맷 콜롬비아 단톡방에 매일같이 올라오는 사진을 구경하고, 대회 준비를 하는 친구들을 보며 멀리서나마 응원하고 또 같이 피가 끓기도 한다. 콜롬비아에 있었다면 나도 대회를 같이 준비하고 지난번처럼 시합이 끝나고 신나게 같이 즐겼을 텐데 아쉬운 마음이 든다.

이곳에 온 지 약 한 달 반 만에 정기 승급식이 있어 그랄을 하나 더 받게 되었다. 여행을 다니면서 잠시 머무르는 체육관이라 특별히 관장님이 승급을 해 줘야 할 이유는 없다. 어차피 짧게는 며칠에서 길게는 몇 달 같이 운동하다가 떠날 사람들인데, 승급식에 참여를 해서 그런지 그랄을 하나 선물 받았다. 시간이 지남에 따라 일반적으로 3~6개월에 한 그랄씩 승급하는데 이렇게 여행하며 여러 곳을 옮겨 다니다 보니 정기적으로 한 체육관에서 운동하지 않아 승급하지 못하는 경우가 생긴다.

하지만 승급하지 못한 것에 대한 불만은 하나도 없었다. 왜냐하면 화이트벨트이기 때문에 부담감이 적고 유색 벨트가 되기 전 기초를 잘 쌓아 나가는 것으로 생각했다. 첫 대회

를 시작으로 시합의 매력을 느끼게 되었고 이곳에서 운동을
꾸준히 하던 중에 승급하여 실력을 인정받은 것 같은 기분이
들었다. 메데진이 다녀온 여행지 중 가장 살기 좋다고 하긴
어렵지만, 다시 돌아가고 싶은 곳임은 확실하다.

콜롬비아 칼리 시합에서 우승한 후 일상

주짓떼로의 기록

이상하게도 어렸을 적부터 고통 참는 것을 잘한다고 믿어왔다. 그래서 수술 직후 통증에 잠을 이루지 못할 때도 이를 악물고 참았다. 통증에 머리가 깨질 듯이 어지러웠으나, 이 또한 지나갈 것이고 이 정도는 충분히 버틸 수 있다고 생각했다. 심하게 아프면 누르라는 마약성 진통제 자가 투여하는 버튼도 주고 가셨다. 누르면 2mL가 나오고, 누르지 않아도 시간당 1mL가 나오는 것 같았다.

하지만 나는 한 번도 누르지 않고 버틸 생각이었다. 그래서 저녁에 자기 전 간호사 선생님들이 점검해 주실 때, 쿨한 척 버틸 만하다고 진통제를 빼 달라고 요청했다. 한 번은 말려 주실 줄 알았는데 흔쾌히 진통제 링거를 빼 주셨다. 그리고는 고통이 온전히 느껴졌다. 수술 부위가 욱신거렸지만 어떻게든 이겨냈다. 당시에는 아무것도 할 수 없을 정도로 힘들었지만 지금 돌이켜 보면 벌써 기억도 희미해지고 있다. 육체적 고통은 순간뿐이라는 걸 다시 한번 되새기는 순간이었다.

주짓수와 함께한 중남미 여행

드디어 직접 쓴 글이 책이 되어 나오다니, 감회가 새롭다. 욕심이 많아 에피소드 하나를 작성할 때도 지속적으로 문장을 다듬고 교정했다. 오전에 가볍게 작성해 두고, 저녁에 수정하고 다음 날 다시 보면 '왜 이렇게밖에 쓰지 못했을까?' 싶었다. 그렇게 썼다 지우기를 수차례 반복했다.

김승호 회장님의 『사장학개론』에 있는 책에 관련된 이야기가 있다. '신인 작가로 데뷔하려는 사람들은 글이 나빠서 출간하지 못하는 게 아니라, 중간에 원고 쓰기를 포기해서 책이 나오지 않는 것이다.' 이 부분을 읽고 나서 포기하지 않고 꾸준한 글쓰기를 통해 1년 이내에 출간을 목표로 세웠다.

이 책을 쓰기 위해 다양한 여행 에세이를 읽어 보았다. 유명 유튜버나 인플루언서를 제외하고 나와 같은 평범한 일반인들의 출간 이후가 궁금해 찾아보기도 했었다. 하지만 첫 책 출간 이후 수년간 작가 활동이 이어지지 않는 것 같았다. 개인적으로 그들의 여행 이후 어떤 점이 달라졌는지, 또 어떻게 다음 여행을 준비하는지 등이 궁금했다. 그 물음에 스스로 꾸준한 출간을 통해 사소하지만 여행 에세이 이후의 삶도 써 보고 싶다.

총 11개의 체육관을 돌아다니며 재미난 일들도 많았고, 글로서는 다 전달하지 못한 이야기도 참 많아서 아쉽기도 하다. 여행하며 늘 행복했던 것만은 아니었다. 버스를 탈 때면 불편하게 가방을 끌어안고 10시간이 넘는 시간을 이동했고 항시 긴장했다. 호의적으로 먼저 다가오는 현지인들을 경계했고, 날이 어두워지면 서둘러 숙소로 들어가기 바빴다. 게다가 종종 들려오는 불안정한 치안과 각종 정치적인 문제로 인한 시위 등은 여행자로 하여금 굉장히 불안하게 만들었다. 또한 운동하다가 다쳤을 때는 병원에서 정확한 의사소통이 되지 못하고, 느린 일 처리에 답답하기도 했다. 증상을 설명할 때는 '무릎이 시큰거린다.'던가, '쑤신다.'라는 등의 느낌을 스페인어로 소통할 수 없어 많이 아쉽기도 했다.

멕시코, 과테말라, 코스타리카, 파나마, 볼리비아, 아르헨
티나, 파라과이, 브라질, 페루, 콜롬비아까지. 약 1년짜리 무
계획 여행은 이렇게 막을 내렸다. 이번 여행은 이렇게 끝이
났지만, 금방 다시 떠날 날을 기약하며 현실을 살고 있다. 지
속적으로 글을 쓰며 다시 떠나기 전까지 어떻게 여행하며 돈
을 벌 수 있을지 고민하고 있다. 안정되지 않은, 도전하는 삶
을 선택한 나지만 늘 언제나 고민하며 사는 중이다. 아마 보
통의 사람들과 같지 않을까. 프롤로그에도 적었던 것처럼 나
의 이런 소소한 이야기를 통해 누군가에게는, 어쩌면 단 한
사람에게라도 이 좁은 대한민국 밖에는 더 큰 세상이 있고
틀에서 벗어난 다양한 삶이 있다고 말해 주고 싶었다. 앞으
로 힘들고 고된 역경이 많겠지만 나의 이런 소중한 경험을
추억하며 살지 않을까 생각한다. 글솜씨가 좋지 않아 제대로
표현이 되었을지는 모르겠지만, 나에게 그리고 또 이 글을
읽어 주시는 독자들에게 응원의 메시지를 전하고 싶다.

다들 건투를 빈다.